Saveurs d'autrefois

Ma

Photographies Jérôme Bilic

Stylisme Marie Leteuré

À BiBi...

*C'*est toujours avec émotion que je repense à mes grands-mères, qui passaient de longs moments à préparer amoureusement soupes onctueuses, petits plats mijotés et desserts parfumés. Régnait dans leur cuisine une atmosphère inoubliable : je me souviens de la longue cuisinière en fonte et en cuivre où frémissaient poêlons, cocottes et faitouts, dégageant un délicieux mélange d'odeurs. Dans le four cuisaient les pommes ou les gratins puis, lorsqu'il était éteint, on y laissait les meringues des heures durant, jusqu'à ce qu'elles soient croquantes à point. Les produits de saison étaient toujours à l'honneur, comme autant de gages de réussite des recettes. Si aujourd'hui nous disposons de moins de temps qu'autrefois, cette savoureuse cuisine du marché, pleine de bonheurs et de sensations, a conservé tout son charme et nous fait toujours autant saliver. C'est pourquoi je suis partie à la recherche de recettes simples, cachées dans les carnets de cuisine de nos grands-mères, et les ai remises au goût du jour tout en leur conservant leur authenticité. La plupart des petits plats que je vous invite à concocter ici se préparent à l'avance, souvent la veille, et se font réchauffer à feu très doux pour n'en être que meilleurs.

Il est toujours aussi bon de cuisiner simplement pour faire plaisir, pour réunir ceux qu'on aime, partager et transmettre cet art de vivre qu'est la gourmandise... Retrouvez au fil des recettes de ce voyage gourmand la douceur des déjeuners à l'ombre des tilleuls et la joyeuse atmosphère des dimanches à la campagne.

Marie Leteuré

Sommaire

Asperges vertes et citron confit

Pour 6 personnes

Préparation 10 min   **Cuisson** 15 min

2 bottes d'asperges vertes ■ 1 cuil. à café de bicarbonate de soude ■ 1 petit citron ■ 1/2 citron confit ■ 10 feuilles de basilic ■ 6 feuilles de menthe ■ 4 brins de persil plat ■ 6 cuil. à soupe d'huile d'olive ■ 1 morceau de 50 g de parmesan frais ■ sel ■ poivres mélangés

*F*aites chauffer une grande quantité d'eau dans un faitout. Coupez le bout des tiges des asperges (ne les pelez pas), plongez ces dernières dans l'eau bouillante et faites-les cuire pendant 10 à 15 minutes avec le bicarbonate et un peu de sel.

Pendant ce temps, pressez le citron, versez le jus dans un bol et ajoutez le citron confit concassé, les herbes finement hachés, l'huile d'olive, 6 cuillerées à soupe du jus de cuisson des asperges, du sel et du poivre (vous pouvez réaliser cette étape avec une Moulinette électrique).

Égouttez les asperges et disposez-les sur le plat de service, au fond duquel vous aurez au préalable étalé un linge. Servez-les tièdes, nappées de sauce et accompagnées de copeaux de parmesan détaillés à l'aide d'un couteau économe.

Mon
conseil

Vous pouvez préparer des asperges blanches de la même façon, mais il faudra peler les tiges et compter 5 minutes de cuisson en plus.

Vous pouvez aussi servir les asperges, qu'elles soient vertes ou blanches, avec une vinaigrette et les parsemer des miettes d'un œuf dur mixé.

Poêlée
de saint-jacques
au beurre salé

Pour 6 personnes

Préparation 10 min   **Cuisson** 20 min

6 oignons frais ▪ 150 g de beurre au sel de Guérande ▪ 24 noix de coquilles Saint-Jacques ▪ 2 branchettes de thym ou de serpolet frais ▪ poivre blanc du moulin

*P*elez et émincez les oignons en laissant un peu de tige. Faites fondre la moitié du beurre dans une cocotte et mettez les oignons à cuire doucement dedans pendant 20 minutes, en les remuant réguliè-rement.

Passé ce temps, faites chauffer le reste de beurre dans une autre poêle. Dès qu'il mousse, jetez-y les coquilles Saint-Jacques, faites-les cuire sur feu vif pendant 2 minutes de chaque côté et parsemez-les de thym ou de serpolet.

Disposez les oignons sur le plat de service choisi, posez les coquilles Saint-Jacques dessus, donnez quelques tours de moulin à poivre et servez aussitôt.

Si vous mangez le corail des coquilles Saint-Jacques, faites-le cuire tout à la fin car il n'a besoin que de quelques secondes de cuisson de chaque côté.

Ravioles à la crème et au basilic

Pour 4 personnes

Préparation 5 min **Cuisson** 10 min

1 barquette de ravioles de Romans ■ 10 cl de crème fleurette ■ 10 feuilles de basilic ■ sel ■ poivre du moulin

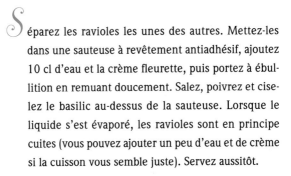

Séparez les ravioles les unes des autres. Mettez-les dans une sauteuse à revêtement antiadhésif, ajoutez 10 cl d'eau et la crème fleurette, puis portez à ébullition en remuant doucement. Salez, poivrez et ciselez le basilic au-dessus de la sauteuse. Lorsque le liquide s'est évaporé, les ravioles sont en principe cuites (vous pouvez ajouter un peu d'eau et de crème si la cuisson vous semble juste). Servez aussitôt.

Ces ravioles sont difficiles à séparer car leur pâte est très fine. Un bon moyen pour y parvenir est de congeler les plaques de ravioles dès l'achat : elles se brisent alors très facilement. Réservez-les dans un sac congélation et piochez dedans en fonction de vos besoins.

Cake aux deux tapenades

Pour 6 personnes

Préparation 5 min **Cuisson** 50 min

1 noix de beurre ▪ 200 g de farine ▪ 1 sachet de levure chimique ▪
3 œufs ▪ 10 cl (100 g) d'huile d'olive ▪ 10 cl (100 g) de crème fleurette
▪ 70 g de parmesan fraîchement râpé ▪ 70 g (5 cuil. à café) de tapenade
verte ▪ 70 g (5 cuil. à café) de tapenade noire ▪ 50 g d'olives noires
concassées ▪ poivre du moulin

*P*réchauffez le four à 200 °C (th. 6-7) et beurrez un
moule à cake. Mettez la farine, la levure, les œufs
entiers, l'huile d'olive, la crème, le parmesan et du
poivre dans le bol d'un robot, et mixez à grande
vitesse jusqu'à ce que la pâte soit lisse. Versez-la à
parts égales dans deux saladiers, mélangez la tapenade verte à l'une des pâtes, et la noire à l'autre.
Versez en premier la pâte noire dans le moule, puis
étalez la verte par-dessus. Parsemez avec les olives
concassées, enfournez et laissez cuire pendant
5 minutes. Au bout de ce temps, baissez la température du four à 180 °C (th. 6) et poursuivez la cuisson pendant 40 à 45 minutes. Servez tiède ou froid.

Mon conseil

Vous pouvez ajouter à la pâte 4 cuillerées à soupe de
caviar de tomates confites et quelques anchois hachés.

Saumon mariné aux oignons rouges

Pour 6 à 8 personnes

Préparation 10 min **Macération** 2 h + 48 h

1 filet de saumon épais sans peau ni arêtes ■ 1 kg de gros sel de mer ■
2 oignons rouges ■ 4 gousses d'ail ■ 4 carottes ■ 2 brins de thym ■
2 feuilles de laurier ■ 10 grains de poivre ■ huile de pépins de raisin

Ôtez les arêtes restant dans le filet de saumon avec une pince plate. Étalez une couche de gros sel dans un plat, posez le saumon dessus et recouvrez-le entièrement avec le reste de sel. Réservez au frais pendant 2 heures, puis rincez le filet de saumon sous l'eau froide et épongez-le avec du papier absorbant.

Pelez les oignons et l'ail, émincez les oignons et coupez les gousses d'ail en deux dans le sens de la longueur. Épluchez les carottes et coupez-les en rondelles. Découpez le saumon en lanières ou en gros dés.

Mettez les morceaux de saumon dans une terrine en les intercalant avec les oignons, l'ail, les rondelles de carotte et les aromates. Remplissez la terrine d'huile jusqu'à recouvrir le poisson, couvrez d'un film étirable et réservez au frais pendant au moins 48 heures, en remuant de temps en temps pour que les arômes se mélangent. Sortez la terrine 1 ou 2 heures avant de servir.

Mon conseil

Si vous préférez l'huile d'olive, veillez à sortir la terrine bien à l'avance pour que l'huile reprenne une consistance fluide (l'huile d'olive fige au froid, ce qui n'est pas le cas de l'huile de pépins de raisin).

Rémoulade de céleri au tourteau et à la pomme verte

Pour 4 personnes

Préparation 30 min **Cuisson** 20 min

1 bouquet garni ▪ 1 tourteau ▪ 1/4 de boule de céleri-rave ▪ 8 cuil. à soupe de jus de pamplemousse ▪ 50 g de mayonnaise ▪ 1 pomme verte ▪ gros sel ▪ poivre blanc du moulin

*F*aites chauffer 2 litres d'eau dans un faitout, ajoutez le bouquet garni, du gros sel et du poivre. Jetez le tourteau dans l'eau et faites-le cuire pendant 20 minutes à partir de la reprise de l'ébullition, puis égouttez-le et laissez-le tiédir.

Épluchez et râpez le céleri. Délayez le jus de pamplemousse et la mayonnaise dans un saladier, ajoutez le céleri et mélangez. Lavez la pomme et râpez-la sur la grille à gros trous, puis ajoutez-la dans le saladier. Décortiquez le tourteau, mélangez sa chair aux autres ingrédients, remuez délicatement et disposez la rémoulade dans des coupelles.

Mon conseil

Vous pouvez ajouter à la mayonnaise un peu de piment ou le jus d'un citron vert, et parsemer la rémoulade de basilic finement ciselé.

Vous pouvez remplacer le tourteau par une araignée.

Terrine de foies de volaille

Pour 8 personnes

Préparation 30 min **Cuisson** 1 h 45 **Repos** 1 h + 24 h

600 g de foies de volaille ▪ 5 cl de porto ▪ 4 tranches de bacon ▪ 4 tranches de jambon de Parme très fines ▪ 400 g de chair à saucisse ▪ 1 barde de lard ▪ 3 cuil. à café rases de sel fin ▪ 1 cuil. à café de poivre finement moulu ▪ 2 pincées de noix de muscade ▪ 10 cl de vin blanc sec ▪ 1 crépine ▪ 300 g de gelée achetée chez le charcutier ou de saindoux

Pour luter : environ 100 g de farine et 10 cl d'eau

*F*aites mariner les foies de volaille dans le porto pendant 1 heure. Hachez finement le bacon et le jambon de Parme, et mélangez-les à la chair à saucisse. Tapissez le fond et les parois d'une terrine de barde de lard. Préchauffez le four à 180 °C (th. 6).

Égouttez les foies, mixez-en la moitié finement et mélangez-la au hachis précédent. Salez, poivrez, ajoutez la noix de muscade et le vin blanc, puis malaxez bien et remplissez la terrine, en intercalant farce et foies entiers ; salez et poivrez les foies à chaque couche. Terminez par de la farce, tassez, recouvrez de crépine et fermez avec le couvercle.

Lutez la terrine : mélangez un peu de farine et d'eau pour former une boule de pâte, étirez-la comme un boudin et disposez-la tout autour du couvercle pour souder ce dernier. Mettez alors dans le four et laissez cuire pendant 1 h 45.

Au terme de la cuisson, laissez tiédir dans le four éteint, porte ouverte, puis jetez le jus de cuisson et nettoyez le bord de la terrine. Portez la gelée ou le saindoux à ébullition, versez le liquide dans la terrine et laissez refroidir avant de mettre au frais pour 24 heures.

Mon conseil

Servez cette terrine, simple et bon marché, avec du pain de campagne grillé aux noix ou aux noisettes et une petite salade mélangée bien relevée.

Luter une terrine permet à la préparation de ne pas se dessécher et de conserver toutes ses saveurs ; vous pouvez aussi la couvrir de papier d'aluminium, mais ce procédé est moins efficace car la terrine n'est alors pas fermée hermétiquement.

Salade d'épinards et œufs mollets

Pour 6 personnes

Préparation 10 min   **Cuisson** 5 min

6 œufs ▪ 400 g de pousses d'épinards frais ▪ 80 g de beurre ▪ 6 cuil. à soupe de vinaigre balsamique ▪ sel ▪ poivre du moulin

*F*aites cuire les œufs dans de l'eau bouillante salée pendant 5 minutes, puis plongez-les dans l'eau froide et écalez-les.

Lavez les épinards, essorez-les et répartissez-les sur les assiettes. Faites fondre le beurre dans une petite casserole et, dès qu'il mousse, ajoutez le vinaigre, du sel et du poivre.

Disposez un œuf ouvert en deux sur chaque assiette, nappez de beurre balsamique et servez aussitôt.

Mon conseil Vous pouvez ajouter quelques lamelles de lard grillé ou de jambon cru effiloché.

Salade de moules parfumée

Pour 6 personnes

Préparation 30 min **Cuisson** 10 min

2 échalotes ▪ 1 branche de céleri ▪ 50 g de beurre ▪ 3 litres de moules ▪
20 cl de vin blanc ▪ 1 feuille de laurier
Pour la sauce : 2 gousses d'ail ▪ 8 cuil. à soupe d'huile d'olive ▪ 2 cuil.
à café de paprika ▪ 3 cuil. à café de cumin moulu ▪ 1 citron ▪ 1/2 botte
de coriandre ▪ sel ▪ poivre du moulin

*P*elez les échalotes et émincez-les. Coupez la branche de céleri en tronçons. Mettez le beurre dans un grand faitout et faites-y revenir les échalotes et le céleri à feu doux.

Lavez les moules, grattez-les et mettez-les dans le faitout avec le vin et le laurier. Faites-les cuire sur feu assez vif en remuant souvent jusqu'à ce qu'elles soient ouvertes, puis laissez-les tiédir, retirez-les des coquilles et réservez-les.

Pelez les gousses d'ail, pressez-les et ajoutez l'huile d'olive, le paprika, le cumin, le jus du citron, du sel et du poivre. Versez la sauce sur les moules, ajoutez la coriandre finement ciselée, mélangez bien et réservez au frais jusqu'au moment de servir.

Mon conseil

Vous pouvez, de la même façon, confectionner une salade de crevettes roses ou de coques.

Cake au chèvre, à la menthe et aux raisins secs

Pour 6 personnes

Préparation 10 min **Cuisson** 45 min

60 g de raisins secs ■ 200 g de chèvre frais ■ 10 feuilles de menthe ■ 100 g de gruyère râpé ■ sel ■ poivre du moulin
Pour la pâte : 3 gros œufs ■ 220 g de farine ■ 1 sachet de levure chimique ■ 10 cl d'huile d'olive ■ 10 cl de lait

*P*réchauffez le four à 180 °C (th. 6). Tapissez un moule à cake d'Alu Cuisson d'Albal (un papier d'aluminium qui s'utilise sans matière grasse). Mettez les raisins secs dans une casserole avec un peu d'eau et faites bouillir jusqu'à ce que l'eau soit évaporée.

Mélangez, au fouet électrique ou au robot, les œufs entiers avec la farine, la levure, l'huile, le lait, du sel et du poivre. Émiettez le chèvre au-dessus de la pâte, puis ajoutez la menthe ciselée, les raisins, le gruyère râpé, un peu de sel et du poivre. Versez la pâte dans le moule, enfournez et laissez cuire pendant 45 minutes.

Piquez alors le cake au centre avec la lame d'un couteau : si elle ressort sèche, le cake est cuit ; sinon, poursuivez la cuisson pendant quelques minutes. Servez tiède ou froid, avec une salade additionnée de chèvre, de raisins et de noisettes grillées.

Mon conseil

Pour tapisser aisément un moule à cake de papier d'aluminium ou de papier sulfurisé, il suffit de mettre le moule à l'envers, de placer la feuille contre le moule pour qu'elle épouse sa forme et de marquer les plis des angles, puis de retirer la feuille en lui conservant sa forme, de retourner le moule et de mettre la feuille dedans.

Soufflé aux trois fromages

Pour 6 personnes

Préparation 10 min **Cuisson** 40 min

40 g de beurre ▪ 40 g de farine ▪ 25 cl de crème fleurette ▪ 10 cl de lait ▪ 70 g d'emmental ▪ 50 g de comté et 30 g de parmesan fraîchement râpés ▪ 4 jaunes d'œuf ▪ 5 blancs d'œuf ▪ sel ▪ poivre du moulin ▪ beurre et farine pour les ramequins

*P*réchauffez le four à 240 °C (th. 8). Beurrez six ramequins individuels ou un moule à soufflé pour six, saupoudrez-les de farine, retournez-les et tapotez-les pour retirer le surplus de farine.

Faites fondre le beurre dans une casserole ; dès qu'il mousse, ajoutez la farine, puis la crème et le lait, petit à petit, en remuant avec le fouet pour éviter les grumeaux. Retirez du feu, salez, poivrez, mettez les fromages râpés dans la casserole et laissez tiédir avant d'ajouter les jaunes d'œuf.

Battez les blancs en neige très ferme avec une pincée de sel et incorporez-les délicatement à la préparation, en soulevant cette dernière avec une spatule souple. Répartissez l'appareil à soufflé dans les ramequins ou versez-le dans le moule.

Enfournez et laissez cuire, pendant 20 minutes pour les petits moules et pendant 35 à 40 minutes pour le grand. Vous pouvez baisser la température à 210 °C (th. 7) au bout de 10 minutes. Servez dès la sortie du four.

Mon conseil
N'ouvrez jamais la porte du four pendant la cuisson, car le soufflé retomberait.

Rillettes de lapin

Pour 6 personnes

Préparation 20 min **Cuisson** 1 h 15

1 lapin coupé en morceaux ▪ 50 cl de vin blanc sec ▪ 50 cl de bouillon de volaille ▪ 1 carotte ▪ 1 branche de céleri ▪ 1 oignon ▪ 2 clous de girofle ▪ 1 bouquet garni ▪ 4 baies de genièvre écrasées ▪ 4 grains de poivre noir ▪ sel

Mettez les morceaux de lapin dans une cocotte, versez le vin et le bouillon, puis portez à ébullition. Pendant ce temps, épluchez la carotte ainsi que le céleri et coupez-les en morceaux ; épluchez l'oignon et piquez-le avec les clous de girofle. Écumez si nécessaire, ajoutez les légumes et les aromates dans la cocotte, salez un peu, couvrez à moitié et laissez frémir pendant 1 h 15.

Sortez le lapin et faites réduire le bouillon de cuisson sur feu vif pendant 15 minutes environ, jusqu'à ce qu'il soit bien épaissi. Désossez entièrement les morceaux de lapin et mettez la chair dans une jatte en l'effilochant au fur et à mesure.

Rectifiez l'assaisonnement du bouillon réduit et mélangez-en la valeur d'une louche à l'effilochée de lapin. Laissez refroidir, puis mettez les rillettes de lapin dans une terrine et réservez au frais jusqu'au moment de servir.

Mon conseil

Servez avec une compote d'échalotes ou d'oignons confits. Pelez et émincez 400 g d'oignons ou d'échalotes, et faites-les cuire pendant 20 minutes dans 40 g de beurre et 3 cuillerées à soupe d'huile d'olive. Préparez un caramel en chauffant 80 g de sucre et 3 cuillerées à soupe d'eau, et ajoutez-lui 10 cl de vinaigre de vin blanc, 2 cuillerées à soupe de vinaigre de xérès, 15 cl de vin blanc et 2 cuillerées à soupe de miel. Portez sur feu vif et laissez bouillir pendant quelques minutes, puis versez sur les oignons et laissez mijoter pendant encore 20 à 30 minutes sur feu très doux, en remuant souvent. Ajoutez 1/2 cuillerée à café de vinaigre balsamique à la fin. Mettez dans un pot et réservez au frais.

Salade de lentilles aux échalotes

Pour 6 personnes

Préparation 5 min **Cuisson** 40 min

500 g de lentilles ■ 1 gros oignon ■ 2 clous de girofle ■ 1 carotte ■ 4 échalotes ■ 2 gousses d'ail ■ 1/2 bouquet de coriandre, de persil plat ou de cerfeuil ■ sel
Pour la sauce : 1 cuil. à soupe de moutarde forte ■ 2 cuil. à soupe de vinaigre de xérès ■ 2 cuil. à soupe de vinaigre de vin ■ 6 cuil. à soupe d'huile d'olive ■ sel ■ poivre du moulin

*F*aites bouillir une grande quantité d'eau dans une casserole. Rincez les lentilles sous l'eau froide, égouttez-les et plongez-les dans l'eau bouillante avec la carotte, grattée, et l'oignon, pelé et piqué des clous de girofle. Salez et laissez frémir pendant 30 à 40 minutes.

Pelez et hachez les échalotes ainsi que les gousses d'ail, ciselez finement l'herbe de votre choix et réservez. Préparez la sauce : mélangez la moutarde, les vinaigres, du sel et du poivre, puis ajoutez l'huile en émulsionnant.

Égouttez les lentilles (qui doivent rester un peu croquantes), mettez-les dans une jatte, ajoutez le hachis d'échalotes, d'ail et d'herbes, puis la sauce.

Mélangez bien et servez tiède, ou réservez au frais jusqu'au moment de servir.

Mon conseil Servez ces lentilles sur des assiettes individuelles avec des lamelles de cœur de filet de saumon fumé.

Tarte fine à la tomate

Pour 6 à 8 personnes

Préparation 10 min **Cuisson** 20 min **Repos** 3 h

Pour la pâte : 170 g de farine ■ 80 g de Maïzena ■ 2 pincées de sel ■ 180 g de beurre ■ 2 cuil. à café de sucre ■ 1 jaune d'œuf ■ 1 cuil. à soupe de vinaigre balsamique ■ 4 cuil. à soupe d'eau
Pour la tarte : 4 cuil. à soupe de caviar de tomates confites ■ 300 g de Chavroux ■ 250 g de tomates cerises ■ 4 cuil. à soupe d'huile d'olive ■ 20 feuilles de basilic ■ sel ■ poivre du moulin

*P*réparez la pâte : mettez la farine, la Maïzena, le sel, le sucre et le beurre (préalablement détaillé en morceaux) dans le bol d'un robot, et mixez jusqu'à ce que vous obteniez un mélange sableux ; ajoutez le jaune d'œuf, le vinaigre et l'eau, puis mixez par à-coups jusqu'à ce que la pâte forme une boule. Enveloppez cette dernière de film alimentaire et réservez-la au frais pendant 3 heures.

Préchauffez le four à 180 °C (th. 6). Étalez la pâte sur le plan de travail fariné, piquez-la de plusieurs coups de fourchette et déposez-la à plat sur une feuille de papier sulfurisé beurrée ou, mieux, sur un tapis de cuisson en silicone (de type Flexipan). Placez le tout sur la plaque du four.

Étalez le caviar de tomates confites en fine couche sur la pâte, ajoutez le Chavroux par-dessus, puis les tomates cerises coupées en deux (face coupée vers le haut). Arrosez d'un filet d'huile d'olive, parsemez de feuilles de basilic, enfournez et faites cuire pendant environ 40 minutes. Servez tiède.

Mon conseil

Si vous êtes pressé, achetez une pâte prête à l'emploi. Vous pouvez aussi confectionner tartelettes individuelles ou minitartelettes en utilisant des empreintes en silicone de type Flexipan.

Sardines marinées aux câpres et au thym citron

Pour 6 personnes

Préparation 20 min **Marinade** 2 h

18 petites sardines ■ 5 cuil. à soupe de câpres ■ 2 échalotes ■ 5 cuil. à soupe d'huile d'olive ■ 1 cuil. à soupe de vinaigre de xérès ■ 1/2 citron ■ sel de Guérande ■ poivres mélangés ■ thym citron

*P*assez les sardines sous l'eau froide en les frottant avec les mains pour retirer les écailles. Ôtez la tête des sardines, en entraînant en même temps les viscères. Avec un petit couteau ou des ciseaux de cuisine, ouvrez les poissons en deux jusqu'à la queue. Glissez l'index sous l'arête et remontez de la queue vers l'autre extrémité, puis coupez l'arrête et jetez-la. Rincez les sardines et égouttez-les sur du papier absorbant. Mettez-les dans un plat creux avec les câpres, les échalotes pelées et hachées, l'huile, le vinaigre et le jus du demi-citron ; parsemez de sel, de poivres et de thym citron, et laissez mariner au frais pendant au moins 2 heures (et jusqu'à 48 heures), en remuant de temps en temps. Pensez à sortir le plat à l'avance pour que l'huile reprenne son aspect.

Mon conseil

On trouve maintenant des sardines levées en filets...
Vous pouvez aussi poêler ces sardines 2 minutes sur
chaque face.

Terrine de lotte aux saint-jacques

Pour 6 à 8 personnes

Préparation 20 min **Cuisson** 1 h 10 la veille

1 sachet de court-bouillon déshydraté ■ 1 kg de lotte en filets ■
6 coquilles Saint-Jacques ■ 1 noix de beurre ■ 5 œufs ■ 1 petite boîte
de concentré de tomates ■ noix de muscade ■ sel ■ poivre du moulin
Pour la sauce : 50 g de crème fraîche ■ 100 g de mayonnaise ■ 2 cuil.
à soupe de ketchup ■ Tabasco ■ sel ■ poivre du moulin

*P*réparez le court-bouillon en suivant les indications
portées sur le sachet, jetez-y la lotte et faites-la
pocher pendant 7 minutes à petits frémissements.
Ajoutez alors les coquilles Saint-Jacques et laissez
frémir pendant 3 minutes. Allumez le four à 180 °C
(th. 6). Beurrez un moule à cake.

Égouttez la lotte ainsi que les coquilles Saint-
Jacques, puis coupez le tout en petits dés. Cassez les
œufs dans une jatte et battez-les en omelette avant
de leur incorporer le concentré de tomates, un peu
de noix de muscade fraîchement râpée, du sel et du
poivre. Ajoutez les dés de poisson et de coquilles, et
mélangez.

Versez la préparation dans le moule, posez ce dernier dans un moule plus grand que vous remplirez à demi d'eau chaude, enfournez et laissez cuire au bain-marie pendant 50 minutes à 1 heure (vérifiez la cuisson en piquant le centre de la terrine avec la lame d'un couteau : si elle ressort sèche, c'est cuit).

Sortez la terrine du four, laissez-la refroidir et réservez-la au frais jusqu'au lendemain. Mélangez tous les ingrédients de la sauce juste avant le repas, démoulez la terrine de lotte sur un plat et servez aussitôt.

Vous pouvez utiliser 500 g de lotte et 500 g de julienne, et remplacer les coquilles Saint-Jacques par des pétoncles.

Cake aux figues et au jambon de Parme

Pour 6 personnes

Préparation 10 min   **Cuisson** 50 min

1 noix de beurre ■ 3 œufs ■ 10 cl d'huile d'olive ■ 10 cl de lait ■ 180 g de farine ■ 1 sachet de levure chimique ■ 100 g de gruyère râpé ■ 200 g de figues fraîches ■ 100 g de jambon de Parme ■ sel ■ poivre du moulin

*P*réchauffez le four à 180 °C (th. 6) et tapissez un moule à cake de papier sulfurisé beurré. Mettez les œufs entiers, l'huile, le lait, la farine, la levure, du sel et du poivre dans le bol d'un robot, puis mixez à grande vitesse jusqu'à ce que la pâte soit lisse. Coupez les figues en quatre et détaillez le jambon cru en morceaux.

Versez la pâte dans une jatte et ajoutez le gruyère râpé, les figues et le jambon cru. Mélangez délicatement en soulevant la préparation, puis versez-la dans le moule, enfournez et laissez cuire pendant 50 minutes. Surveillez la fin de la cuisson en piquant le cake avec la lame d'un couteau : si elle ressort sèche, le cake est cuit. Sortez-le alors du four et laissez-le tiédir avant de le démouler.

Mon conseil Il existe du papier d'aluminium antiadhésif, qui vous dispensera de beurrer le moule.

Moules à l'ail nouveau et au persil

Pour 6 personnes

Préparation 20 min **Cuisson** 6 min

36 moules d'Espagne ■ 6 gousses d'ail nouveau (ou 3 gousses d'ail sec) ■ 1 poignée (de 20 à 30 g) de persil plat ■ 125 g de beurre mou ■ 30 g de chapelure très fine ■ sel

Grattez les moules sous l'eau froide avec un petit couteau, ébarbez-les et frottez la coquille avec une éponge grattante s'il reste encore des parasites. Faites-les ouvrir sur feu vif pendant 2 minutes dans une grande cocotte avec 10 cl d'eau, en secouant souvent le récipient. Laissez tiédir, puis enlevez une des deux coquilles de chaque moule.

Pelez les gousses d'ail. Lavez le persil, épongez-le à l'aide de papier absorbant et mixez-le finement avec le beurre, les gousses d'ail, la chapelure, un peu de sel ou un tout petit peu d'eau de cuisson filtrée des moules. Déposez 1 cuillerée à café de ce beurre aromatisé sur chaque moule, couvrez de film étirable et mettez au frais. Vous pouvez préparer les moules la veille et les cuire le lendemain.

Préchauffez le gril du four juste avant le repas, parsemez les moules de chapelure et posez-les sur la plaque à environ 8 centimètres de distance des résistances (si elles sont plus près, elles éclatent). Faites cuire pendant 4 minutes et servez aussitôt.

Mon conseil

Pour une saveur plus épicée, vous pouvez ajouter un peu de poivre et un petit morceau de piment, que vous mixerez en même temps que les autres ingrédients.
Il est possible de préparer de la même façon les praires et les palourdes.

Coquillages au basilic

Pour 6 personnes

Préparation 20 min **Cuisson** 15 min **Trempage** 12 h

3 kg de praires, de coques et de palourdes mélangées ▪ 3 échalotes ▪ 1 branche de céleri ▪ 1 petite carotte ▪ 2 champignons de Paris ▪ 80 g de beurre ▪ 25 cl de vin blanc sec ▪ 2 cuil. à soupe de vinaigre de vin blanc ▪ 10 feuilles de basilic ▪ poivre du moulin ▪ gros sel de mer

*L*avez les coquillages sous l'eau froide et faites tremper les praires et les coques dans une grande quantité d'eau froide salée au gros sel pendant 12 heures. Pensez à renouveler l'eau plusieurs fois. Rincez simplement les palourdes à l'eau fraîche.

Pelez les légumes, coupez-les en tout petits dés et jetez-les dans un large faitout qui pourra contenir les coquillages, puis faites-les revenir à feu doux, sans les laisser colorer, dans la moitié du beurre.

Ajoutez le vin blanc et le vinaigre, et mélangez bien. Ajoutez alors les praires, les coques et les palourdes, préalablement égouttées, couvrez et portez sur feu vif pendant 10 minutes environ, en secouant régulièrement le faitout pour remuer les coquillages.

Lorsque tous sont ouverts, retirez-les à l'aide d'une écumoire. Filtrez le jus de cuisson et reversez-le

dans le faitout. Ajoutez le reste de beurre détaillé en parcelles, le basilic ciselé et les coquillages. Réchauffez pendant 2 minutes, puis servez.

Mon conseil

Vous pouvez supprimer les coquilles avant de servir, mais les coquillages sont plus amusants à manger lorsqu'ils sont encore dedans. Proposez alors à chaque convive un bol d'eau tiède additionnée d'une rondelle de citron pour qu'il se rince les doigts.

Quiche lorraine

Pour 6 à 8 personnes

Préparation 20 min **Cuisson** 45 min **Repos** 3 h

Pour la pâte : 250 g de farine ■ 150 g de beurre ■ 1 cuil. à café de sucre ■ 2 pincées de sel ■ 1 œuf ■ 6 cuil. à soupe de lait
Pour la tarte : 250 g de lardons (fumés ou non) ■ 6 œufs ■ 30 g de farine ■ 30 cl de lait ■ 30 cl de crème fleurette ■ noix de muscade ■ sel ■ poivre du moulin

*P*réparez la pâte : mettez la farine, le beurre détaillé en morceaux, le sucre et le sel dans le bol d'un robot, puis mixez à grande vitesse jusqu'à ce que le mélange soit sableux ; ajoutez alors l'œuf entier et le lait, et mixez par à-coups jusqu'à ce que la pâte forme une boule en se détachant des parois du bol. Enveloppez cette dernière dans du film étirable et mettez-la au frais pendant au moins 3 heures et jusqu'à 24 heures.

Au bout de ce temps, préchauffez le four à 210 °C (th. 7) et beurrez un grand moule à tarte. Étalez la pâte sur le plan de travail fariné, mettez-la dans le moule, piquez-la de plusieurs coups de fourchette et réservez-la au frais.

Faites blanchir les lardons pendant 5 minutes dans de l'eau bouillante, récupérez-les à l'aide d'une écumoire, épongez-les sur du papier absorbant et disposez-les sur le fond de tarte. Mettez les œufs entiers dans le bol du robot avec la farine, le lait, la crème, un peu de noix de muscade râpée, un peu de sel et du poivre. Mixez jusqu'à ce que la préparation soit lisse et versez-la sur les lardons.

Enfournez et laissez cuire pendant 10 minutes, puis réduisez la température du four à 180 °C (th. 6) et poursuivez la cuisson pendant 30 à 35 minutes. La quiche lorraine se sert aussi bien chaude que tiède.

Mon conseil

Vous pouvez ajouter 70 g de fromage râpé dans la préparation avant de la verser sur les lardons.
Si vous n'avez pas de robot, utilisez du beurre mou et malaxez la pâte à la main.
Vous pouvez remplacer les lardons par du saumon frais coupé en dés ; ajoutez alors 2 cuillerées à soupe de ketchup dans la préparation aux œufs.

Quiche aux poireaux et au salers

Pour 6 à 8 personnes

Préparation 20 min **Cuisson** 55 min **Repos** 3 h

Pour la pâte : 250 g de farine ▪ 180 g de beurre ▪ 1 cuil. à café de sucre ▪ 2 pincées de sel ▪ 1 jaune d'œuf ▪ 4 cuil. à soupe d'eau ▪ 1 cuil. à soupe de vinaigre balsamique

Pour la tarte : 6 petits poireaux ▪ 4 œufs ▪ 20 g de farine ▪ 25 cl de lait ▪ 25 cl de crème fleurette ▪ 150 g de salers ▪ 80 g de noisettes décortiquées ▪ sel ▪ poivre du moulin

$\mathcal{M}$ettez la farine, le beurre détaillé en morceaux, le sucre et le sel dans le bol d'un robot, et mixez jusqu'à ce que le mélange soit sableux. Ajoutez le jaune d'œuf, l'eau et le vinaigre, puis mixez par à-coups jusqu'à ce que la pâte forme une boule. Enveloppez-la de film étirable et réservez-la au frais pendant au moins 3 heures et jusqu'à 24 heures.

Épluchez les poireaux, lavez-les soigneusement, coupez-les en rondelles et faites-les cuire pendant 10 à 15 minutes dans de l'eau bouillante salée. Préchauffez le four à 210 °C (th. 7). Beurrez un moule à tarte.

Étalez la pâte sur le plan de travail fariné, disposez-la dans le moule et piquez-la de plusieurs coups

42

de fourchette. Mettez les œufs entiers dans le bol du robot avec la farine, le lait, la crème, du sel et du poivre, puis mixez jusqu'à ce que la préparation soit lisse.

Égouttez les poireaux, passez-les sous l'eau froide et épongez-les avec du papier absorbant. Retirez un peu de croûte au fromage et coupez ce dernier en morceaux. Faites griller les noisettes dans une poêle à sec et concassez-les grossièrement.

Répartissez les poireaux, les morceaux de fromage et la moitié des noisettes sur le fond de tarte, versez la préparation aux œufs dessus et ajoutez le reste des noisettes. Enfournez et laissez cuire pendant 10 minutes, puis baissez la température du four à 180 °C (th. 6) et prolongez la cuisson de 30 à 35 minutes. Servez la tarte démoulée, chaude ou tiède.

Mon conseil

Je fais souvent la pâte à tarte en doublant les quantités, j'en congèle la moitié (soit en vrac, soit directement dans le moule beurré) et je la sors au moment de l'utiliser. J'en congèle aussi dans des moules à tartelette pour faire aux enfants des petites quiches à la dernière minute : reste à battre un œuf avec un peu de crème, à ajouter quelques morceaux de jambon, du sel et du poivre, et à faire cuire au four pendant 25 minutes.

Tarte à la fourme d'Ambert et aux poires

Pour 4 personnes

Préparation 15 min **Cuisson** 40 min

20 g de beurre ▪ 4 œufs ▪ 15 cl de crème fleurette ▪ 4 cuil. à café de moutarde à l'ancienne ▪ 1 pâte feuilletée à l'ancienne Croustipâte ▪ 2 poires ▪ 200 g de fourme d'Ambert ▪ sel ▪ poivre du moulin

*P*réchauffez le four à 180 °C (th. 6) et beurrez un moule à tarte. Cassez les œufs dans une jatte, ajoutez la crème, la moutarde, du sel et du poivre, et fouettez vivement. Mettez la pâte dans le moule, piquez-la de quelques coups de fourchette et versez la préparation dedans.

Pelez les poires, coupez-les en quatre, retirez le cœur ainsi que les pépins, puis émincez les quartiers. Coupez la moitié du fromage en lamelles et émiettez le reste. Répartissez les petits morceaux de fromage sur la tarte et posez les lamelles par-dessus, en les intercalant avec les lamelles de poire. Enfournez, laissez cuire pendant 35 à 40 minutes et servez aussitôt.

Mon conseil

Vous pouvez réaliser cette tarte avec du roquefort, plus corsé en goût, ou du chèvre, plus doux ; ajoutez alors quelques noisettes concassées sur le dessus avant de mettre au four.

Tarte aux échalotes confites

Pour 4 personnes

Préparation 20 min   **Cuisson** 35 min

25 échalotes ▪ 1 pâte feuilletée prête à l'emploi ▪ 1 cuil. à soupe de sucre ▪ 120 g de beurre ▪ 4 cuil. à soupe de miel ▪ 6 baies de poivre du Sichuan ▪ sel ▪ poivre du moulin

*P*réchauffez le four à 210 °C (th. 7). Épluchez les échalotes, plongez-les pendant 5 minutes dans de l'eau bouillante salée, puis égouttez-les et réservez-les. Étalez la pâte feuilletée dans un moule à tarte en gardant le papier sulfurisé, piquez le fond avec une fourchette et saupoudrez-le de sucre.

Faites fondre le beurre dans une grande poêle (ou dans deux poêles de taille moyenne), ajoutez les échalotes et laissez-les cuire en remuant jusqu'à ce qu'elles commencent à blondir. Salez, poivrez, puis ajoutez le miel et le poivre du Sichuan concassé. Mélangez délicatement et retirez du feu.

Prélevez les échalotes une à une à l'aide d'une cuillère à soupe et déposez-les au fur et à mesure en spirale sur le fond de pâte. Glissez la tarte au four et faites-la cuire pendant 25 minutes, puis servez-la tiède, accompagnée d'une salade de mesclun.

Mon conseil Choisissez des échalotes véritables : un arrêté déclare que « ne peuvent être vendus sous le nom d'échalotes que les produits issus d'une multiplication par bulbe ».

Tatins de pommes et de foie gras

Pour 6 personnes

Préparation 30 min **Cuisson** 30 min

6 pommes (boskoop) ■ 50 g de beurre ■ 2 cuil. à soupe de sucre ■ 2 noix de beurre ■ 250 g de pâte feuilletée commandée chez le pâtissier ■ 6 tranches de foie gras de canard prêtes à cuire ■ fleur de sel ■ poivre du moulin

*P*réchauffez le four à 200 °C (th. 6-7). Pelez les pommes, coupez-les en quartiers et faites-les revenir dans le beurre avec le sucre pendant 10 minutes environ, en remuant souvent. Beurrez six petits moules. Étalez la pâte sur le plan de travail fariné et découpez dedans six disques d'un diamètre supérieur de 1 cm environ à celui de vos moules.

Répartissez les pommes dans les moules beurrés, posez un disque de pâte sur les pommes de chacun des moules et rentrez le débord de pâte (0,5 cm) tout autour, puis enfournez et laissez cuire pendant 10 minutes. Baissez alors la température du four à 180 °C (th. 6) et prolongez la cuisson de 10 à 20 minutes.

Au dernier moment, poêlez les tranches de foie gras dans une poêle antiadhésive bien chaude, pendant 1 minute à peine de chaque côté. Retournez chaque tatin sur une assiette (pommes au-dessus), posez une tranche de foie gras sur les pommes, salez, poivrez et servez.

Mon conseil

Vous pouvez aussi réaliser une grande tarte plutôt que six petites, et arroser les pommes en fin de cuisson d'un trait de vinaigre balsamique.

Œufs cocotte

Pour 6 personnes

Préparation 5 min **Cuisson** 10 min

20 g de beurre ■ 4 brins d'estragon ■ 150 g de crème fraîche épaisse
■ noix de muscade ■ 6 œufs coques ■ sel ■ poivre du moulin

*P*réchauffez le four à 240 °C (th. 8). Beurrez six ramequins, préparez un plat pouvant les contenir et faites chauffer 2 litres d'eau environ. Effeuillez l'estragon, ciselez finement les feuilles, mélangez-les à la
crème fraîche, salez, poivrez et ajoutez un peu de
noix de muscade fraîchement râpée.

Mettez 1 cuillerée à soupe de crème dans
chaque ramequin et cassez délicatement un œuf
dessus, puis répartissez le reste de crème sur les
œufs et poivrez. Disposez les ramequins au fur et à
mesure dans le plat, remplissez à moitié ce dernier
d'eau bouillante, enfournez et laissez cuire au bain-
marie pendant 8 à 10 minutes. Servez sans attendre.

**Mon
conseil**

Vous pouvez parsemer l'intérieur des ramequins beurrés
avec un peu de parmesan fraîchement râpé, et remplacer
l'estragon par une autre herbe fine.
Il est aussi possible de battre les œufs en omelette,
de les mélanger à la crème et de les cuire pendant
20 minutes à 180 °C (th. 6) pour obtenir des petits flans.

Terrine de foie gras

Pour 8 à 10 personnes

Préparation 15 min (4 jours avant) **Cuisson** 1 h 20

2 foies gras de canard de 500 g pièce ■ noix de muscade fraîchement râpée ■ 1 éclat de badiane (anis étoilé) ■ sel fin ■ poivre moulu

Séparez les lobes des deux foies et retirez tous les nerfs ainsi que les vaisseaux sanguins. Coupez tout autour des foies une bande de 1 cm de façon que le sang sorte complètement, mettez les foies et les « chutes » dans une grande quantité d'eau froide salée avec 2 cuillerées à soupe de sel fin avec plein de glaçons et réservez au frais pendant toute la nuit.

Le lendemain, épongez les foies avec du papier absorbant, puis retirez les nerfs ou les vaisseaux restants. Mélangez 3 cuillerées à café de sel fin, 4 cuillerées à café de poivre moulu, un peu de noix de muscade et la badiane réduite en poudre. Roulez les lobes et les chutes dans ce mélange et disposez-les au fur et à mesure dans une terrine, en appuyant fort pour bien tasser les morceaux dans la terrine.

Préchauffez le four à 90 °C (th. 3). Couvrez la terrine d'une feuille de papier sulfurisé, mettez-la dans un plat plus grand rempli d'eau chaude, enfournez et laissez cuire au bain-marie pendant 45 à 50 minutes environ, en ajoutant éventuellement de l'eau en cours de cuisson. Sortez la terrine du four et laissez refroidir, puis récupérez la graisse de cuisson, filtrez-la et réservez-la. Posez une petite planche (découpée aux mesures intérieures de la terrine) sur le foie gras pour le tasser, lestez-la avec des poids et mettez la terrine au frais pendant au moins 4 heures.

Retirez alors la planche et nettoyez soigneuse-ment le bord de la terrine. Chauffez un peu la graisse de cuisson réservée et versez-la sur le foie, en la filtrant, de façon à le recouvrir, puis couvrez la terrine et remettez-la au frais pendant au moins 2 jours et au plus 4 jours. Sortez-la 30 minutes avant de consommer le foie gras, et servez ce dernier avec de fines tranches de pain grillé et de la confiture de figues.

Mon conseil

Avant de faire dégorger les foies dans l'eau froide, n'hésitez pas à les masser afin de bien enlever tous les vaisseaux, même si vous avez des petits morceaux qui se défont. Faites ensuite tremper le tout, épongez bien et veillez surtout, quand vous mettrez tous ces morceaux dans la terrine, à bien tasser avant et après cuisson. Utilisez de préférence du poivre Kuampur, Sambaïa ou Balijar.

Terrine de campagne

Pour 8 personnes

Préparation 30 min **Cuisson** 1 h 30 **Repos** 48 h

700 g de poitrine de porc (hachée par le boucher) ▪ 2 œufs ▪ 250 g de foies de porc (hachés par le boucher) ▪ 5 cuil. à café rases (25 g) de sel ▪ 1/2 cuil. à café de poivre moulu ▪ 1/2 cuil. à café de sucre ▪ 5 pincées de quatre-épices ▪ 25 cl de lait ▪ 1 bouquet garni composé de thym, de laurier, d'une carotte, d'un oignon et de persil plat ▪ 1 échalote ▪ 1 barde ▪ 1 feuille de laurier ▪ 1 crépine ▪ 300 g de gelée (achetée chez le charcutier) ou de saindoux ▪ 2 œufs

*M*ettez le porc, les œufs entiers battus en omelette et les foies hachés dans une grande jatte, puis assaisonnez le tout de sel, de poivre, de sucre et de quatre-épices. Chauffez le lait avec les éléments du bouquet garni. Aux premiers frémissements, retirez du feu, couvrez et laissez infuser pendant 10 minutes.

Pelez l'échalote, hachez-la finement et mélangez-la au hachis de viandes. Lorsque le lait est tiède, filtrez-le soigneusement à l'aide d'une passoire, puis versez-le dans la jatte et mélangez. Préchauffez le four à 180 °C (th. 6).

Tapissez le fond et les parois d'une terrine de barde de lard, et transférez dedans la préparation précédente. Tassez bien, posez une feuille de laurier sur le dessus, recouvrez avec la crépine et faites cuire dans le four pendant 45 minutes. Baissez alors la température à 150 °C (th. 5) et poursuivez la cuisson pendant 45 minutes encore. Au terme de celle-ci, éteignez le four et laissez tiédir la terrine dans ce dernier.

Jetez le gras de cuisson et nettoyez le bord de la terrine. Faites chauffer la gelée (ou le saindoux) sur feu vif, puis versez-la dans la terrine de façon à recouvrir entièrement la viande. Réservez ce pâté au frais pendant 48 heures avant de le consommer.

Vous pouvez ajouter 2 cuillerées à soupe d'armagnac au hachis.
Servez cette terrine avec de la confiture d'oignons (voir page 25).

Salade de poires au foie gras

Pour 6 personnes

Préparation 10 min

2 poignées de pousses d'épinards (environ 150 g) ▪ 3 poires mûres mais fermes ▪ un morceau de 50 g de parmesan ▪ 100 g de foie gras mi-cuit ▪ fleur de sel ▪ poivre du moulin
Pour la sauce : 4 cuil. à soupe d'huile d'olive fruitée ▪ 2 cuil. à soupe de vinaigre de xérès ▪ 1 cuil. à café de moutarde Violette de Brive

*M*ettez tous les ingrédients de la sauce ainsi que du sel et du poivre dans un pot vide muni d'un couvercle, puis secouez pour émulsionner la sauce.

Lavez les épinards, essorez-les et placez-les dans un saladier. Pelez les poires, coupez-les en quatre, recoupez chaque quartier en deux et mettez-les dans le saladier. Détaillez le parmesan en copeaux, à l'aide d'un couteau économe, directement au-dessus du saladier. Versez la sauce, mélangez bien et répartissez la salade sur les assiettes de service.

Ajoutez le foie gras, préalablement détaillé en morceaux, salez, poivrez et servez aussitôt.

Mon conseil En saison, n'hésitez pas à ajouter quelques fleurs comestibles du jardin, comme des capucines, des roses ou des violettes.

Crème de cocos aux langoustines

Pour 4 personnes

Préparation 10 min **Cuisson** 1 h 30 **Trempage** 1 nuit

500 g de cocos blancs ▪ 12 langoustines ▪ 3 cuil. à soupe d'huile d'olive ▪ 2 cuil. à soupe d'amandes concassées ▪ 4 tranches de jambon de pays ▪ 1 cuil. à soupe de miel ▪ 2 traits de sauce soja ▪ 10 cl de crème liquide ▪ sel ▪ poivre du moulin

*L*a veille, mettez à tremper les haricots dans une grande quantité d'eau froide. Le lendemain, faites-les cuire dans environ 1,5 litre d'eau pendant 1 h 30, en couvrant à demi la casserole et en salant à mi-cuisson.

Environ 10 minutes avant la fin de la cuisson des haricots, faites sauter les langoustines dans 2 cuillerées à soupe d'huile chaude pendant 3 minutes de chaque côté, décortiquez-les et gardez-les au chaud. Grillez les amandes concassées dans une poêle à sec, puis enlevez-les et faites dorer le jambon dans la poêle avec la cuillerée d'huile restante. Retirez le jambon à son tour, et ajoutez le miel, la sauce soja ainsi que les langoustines dans la poêle. Salez, poivrez et réservez.

Mixez les haricots à l'aide d'un blender ou d'un mixeur plongeur avec la crème liquide, versez la préparation dans une passoire posée au-dessus d'une casserole et réchauffez-la pendant quelques instants sur feu doux. Mettez quelques amandes grillées dans quatre assiettes chaudes, puis versez la crème de cocos par-dessus, répartissez les langoustines et le jambon, et servez aussitôt.

Mon conseil

Vous pouvez remplacer les langoustines par de grosses crevettes roses.

Le blender est un robot spécialement adapté pour les préparations liquides (soupes, crèmes, milk-shakes, etc.) ; muni d'une hélice à quatre pales, il émulsionne très bien les préparations de ce type.

Velouté de petits pois au lard croustillant

Pour 4 personnes

Préparation 30 min **Cuisson** 20 min

1 kg de petits pois frais ▪ 2 pommes de terre (bintje) ▪ 2 oignons blancs ▪ 20 g de beurre ▪ 1 cuil. à soupe de sucre ▪ 10 feuilles de basilic ▪ 10 cl de crème liquide ▪ 8 fines tranches de poitrine fumée ▪ 1 cuil. à soupe d'huile ▪ sel ▪ poivres mélangés

*É*cossez les petits pois. Pelez les pommes de terre et les oignons, et émincez-les. Faites fondre le beurre dans une cocotte, jetez-y les légumes et remuez sans arrêt pendant qu'ils blondissent, puis ajoutez le sucre, le basilic et 1 litre d'eau. Salez, couvrez et laissez cuire pendant 20 minutes à petits frémissements.

Mixez les légumes à grande vitesse en ajoutant la crème, puis portez la cocotte sur feu doux afin de réchauffer le velouté. Pendant ce temps, faites dorer les tranches de lard dans une poêle huilée jusqu'à ce qu'elles soient croustillantes.

Répartissez le velouté dans les assiettes creuses de service, disposez les tranches de lard au centre, donnez un tour de moulin à poivre et servez aussitôt.

Mon conseil

Si vous n'aimez pas sentir les peaux des petits pois, qui bien que mixées peuvent être gênantes, filtrez la préparation à l'aide d'une passoire avant de la réchauffer.

Velouté de chou-fleur à la crème de roquefort

Pour 4 personnes

Préparation 10 min **Cuisson** 20 min

1 chou-fleur ▪ 150 g de roquefort ▪ 10 cl de crème liquide ▪ 2 cuil. à soupe d'huile d'olive ▪ sel ▪ poivre blanc du moulin

*F*aites chauffer 1 litre d'eau. Nettoyez le chou-fleur et séparez les bouquets, puis faites-les cuire dans l'eau bouillante salée pendant 20 minutes.

Mixez le chou-fleur avec 3 ou 4 louches de son eau de cuisson, le roquefort, la crème et du poivre jusqu'à ce que vous obteniez une crème onctueuse.

Vérifiez l'assaisonnement (il n'est pas toujours nécessaire de saler, à cause du roquefort), répartissez le velouté dans des assiettes creuses, arrosez d'un filet d'huile d'olive et servez aussitôt.

Mon conseil Vous pouvez garder quelques morceaux de roquefort pour décorer la surface du velouté, et remplacer le roquefort par de la fourme d'Ambert pour une saveur plus douce.

Velouté de châtaignes aux saint-jacques

Pour 6 personnes

Préparation 45 min   **Cuisson** 1 h 15

500 g de châtaignes ▪ 50 cl de lait ▪ 1 fine tranche de poitrine fumée ▪ 40 g de beurre ▪ 100 g de crème fleurette ▪ quelques brins de cerfeuil ▪ 18 noix de coquilles Saint-Jacques ▪ sel ▪ poivre du moulin

*P*ortez 2 litres d'eau à ébullition dans une grande casserole. Fendez les châtaignes sur le côté plat à l'aide d'un petit couteau pointu. Jetez-les dans l'eau bouillante et laissez-les cuire pendant 15 minutes, puis égouttez-les et pelez-les alors qu'elles sont encore chaudes, en veillant à ne pas vous brûler. Faites-les cuire ensuite pendant 45 minutes dans le lait additionné de 50 cl d'eau, de sel et de poivre. Piquez alors les châtaignes avec un couteau pointu : si elles sont encore trop fermes, prolongez la cuisson de 10 à 15 minutes.

Coupez la tranche de poitrine en lardons et faites revenir ces derniers dans 20 g de beurre jusqu'à ce qu'ils soient grillés. À l'aide d'un blender ou d'un mixeur plongeant, mixez les châtaignes et les lardons, en ajoutant la crème et assez de liquide de cuisson des châtaignes pour obtenir un velouté. Attention : s'il n'y a pas assez de liquide, le velouté

sera pâteux ; s'il y en a trop, il sera liquide. À ce stade, le velouté peut attendre.

Au moment de servir, réchauffez-le à feu doux en ajoutant un peu de crème liquide (ou d'eau) et le cerfeuil ciselé. Poêlez les noix de coquilles Saint-Jacques avec le reste de beurre sur feu vif, pendant environ 2 minutes de chaque côté. Disposez-en trois dans chacune des assiettes creuses chaudes, entourez de velouté aux châtaignes et servez aussitôt.

Mon conseil

Vous pouvez utiliser des marrons sous vide au naturel : plongez-les alors pendant quelques minutes dans l'eau bouillante avant de les faire cuire dans le lait et l'eau, pendant 15 à 20 minutes seulement.

Soupe d'orties

Pour 6 personnes

Préparation 10 min **Cuisson** 40 min

4 grosses pommes de terre (bintje) ▪ 1 gros bouquet d'orties communes des jardins ▪ 40 g de beurre ▪ 2 cuil. à soupe de crème fraîche épaisse ▪ sel ▪ poivre du moulin

Faites chauffer 2 litres d'eau dans une grande casserole. Épluchez les pommes de terre et rincez-les sous l'eau froide. Lavez les orties sous l'eau froide, séparez les feuilles des tiges (en général, elles ne sont plus urticantes lorsqu'elles sont mouillées) et épongez-les avec du papier absorbant.

Faites fondre le beurre dans une grande casserole. Dès qu'il mousse, ajoutez les feuilles d'orties et laissez-les cuire pendant quelques minutes, jusqu'à ce qu'elles soient fanées. Mettez les pommes de terre dans la casserole et mouillez avec l'eau chaude. Portez de nouveau à ébullition, salez et couvrez à moitié, puis laissez mijoter pendant 30 à 40 minutes.

Mixez la soupe avec la crème et du poivre, soit avec un mixeur plongeant, soit à l'aide d'un robot ou encore avec un blender, qui donne une émulsion très agréable.

Mon conseil

Lorsque vous achetez une botte de radis et que les fanes sont très fraîches et bien vertes, préparez une soupe aux fanes de radis en suivant cette recette, c'est délicieux.

Soupe aux poireaux

Pour 6 personnes

Préparation 10 min **Cuisson** 40 min

3 ou 4 pommes de terre (bintje) ■ 6 poireaux ■ cerfeuil ou estragon ■ 2 cuil. à soupe de crème fraîche épaisse ■ 40 g de beurre ■ sel ■ poivre du moulin

*F*aites chauffer 2 litres d'eau dans une grande casserole à fond épais. Pelez les pommes de terre, passez-les sous l'eau froide, coupez-les en quatre et faites-les cuire pendant 10 minutes.

Pendant ce temps, coupez les extrémités des poireaux et retirez les premières feuilles. Coupez les poireaux en tronçons et lavez-les à grande eau, puis ajoutez-les aux pommes de terre, salez et poursuivez la cuisson pendant 20 à 30 minutes.

Mixez la soupe avec quelques feuilles de cerfeuil ou d'estragon, soit avec un mixeur plongeant, soit à l'aide d'un blender ; les inconditionnels pourront aussi la passer au moulin à légumes muni de la grille fine. Mettez la crème et le beurre dans la soupe, poivrez et servez bien chaud.

Mon conseil

Vous pouvez aussi mettre une noisette de beurre dans l'assiette et verser la soupe dessus.

Soupe à l'oseille

Pour 6 personnes

Préparation 10 min **Cuisson** 40 min

1 botte d'oseille ▪ 50 g de beurre ▪ 3 pommes de terre (bintje) ▪
1 courgette ▪ 1,5 litre de bouillon de volaille ▪ 2 cuil. à soupe de crème
fraîche épaisse ▪ sel ▪ poivre du moulin

*L*avez l'oseille, épongez-la avec du papier absorbant et retirez les plus grosses tiges. Faites fondre le beurre dans une grande casserole ; dès qu'il mousse, ajoutez l'oseille et faites-la cuire pendant 5 minutes, sur feu doux et en remuant souvent car l'oseille attache.

Épluchez les pommes de terre et la courgette, coupez-les en morceaux et mettez-les dans la casserole. Versez le bouillon et portez à ébullition, puis salez et laissez mijoter pendant 30 à 40 minutes (piquez les pommes de terre avec la lame d'un couteau pour vérifier leur cuisson). Mixez la soupe en ajoutant la crème fraîche, poivrez et servez aussitôt.

Mon conseil

La courgette adoucit le côté acide de l'oseille et donne de l'onctuosité à la soupe.
N'hésitez pas, pour une entrée plus copieuse, à servir cette soupe avec quelques lamelles de blanc de volaille réchauffées dans du bouillon et parsemées de cerfeuil.

Soupe d'hiver

Pour 6 personnes

Préparation 20 min   **Cuisson** 45 min

3 pommes de terre (bintje) ▪ 4 carottes ▪ 2 courgettes ▪ 2 poireaux ▪ 1 tranche de potiron ▪ 4 gousses d'ail ▪ 1 poignée d'épinards ▪ 30 g de beurre ▪ crème fleurette ▪ sel

*F*aites chauffer 2 litres d'eau dans une grande casserole.

Épluchez les pommes de terre, les poireaux, les carottes et les courgettes, en laissant un peu de vert. Retirez les graines du potiron et détachez la chair de l'écorce. Pelez les gousses d'ail. Coupez les légumes en morceaux ou en tronçons, mettez-les avec les gousses d'ail pelées dans la casserole et portez à ébullition, puis salez, couvrez à moitié et faites cuire pendant 30 minutes.

Pendant ce temps, nettoyez les feuilles d'épinards, retirez éventuellement leurs tiges et ajoutez-les dans la casserole. Poursuivez la cuisson pendant 15 minutes, ajoutez le beurre et mixez la soupe à l'aide d'un mixeur plongeant, d'un robot ou d'un blender. Servez bien chaud, avec un nuage de crème fleurette.

Cette soupe est idéale pour les enfants « qui n'aiment pas les légumes » : pour servir, je dessine un motif à la surface de la soupe avec la crème fleurette (cœur, initiale, escargot...), et l'enfant s'amuse à mélanger tout seul.

Soupe paysanne

Pour 6 personnes

Préparation 20 min **Cuisson** 40 min

6 carottes ▪ 3 pommes de terre (bintje) ▪ 2 navets ▪ 2 courgettes ▪ 500 g de petits pois ▪ 40 g de beurre ▪ 6 fines tranches de poitrine fumée ▪ 1 cuil à café d'huile d'olive ▪ 4 brins de cerfeuil ▪ sel ▪ poivre du moulin

pluchez les carottes, les pommes de terre et les navets, puis coupez-les en dés. Retirez les extrémités des courgettes et taillez aussi ces dernières en dés. Écossez les petits pois.

Faites fondre le beurre dans un faitout, ajoutez tous les légumes et faites-les revenir à feu doux pendant 10 minutes, en remuant régulièrement. Ajoutez alors 2 litres d'eau froide, portez à ébullition, salez et laissez mijoter pendant 30 minutes environ. Poivrez au dernier moment et parsemez de cerfeuil ciselé.

Cinq minutes avant la fin de la cuisson des légumes, mettez à chauffer l'huile d'olive dans une poêle et faites griller les tranches de lard des deux côtés. Servez la soupe dans des bols ou des assiettes creuses, et déposez une tranche de lard sur chaque soupe.

Mon conseil

Il vaut mieux saler quand l'ébullition a commencé, lorsque les légumes sont déjà saisis par la chaleur, car l'ajout de sel augmente la température de l'eau, ce qui maltraite vitamines et sels minéraux. Le poivre étant volatil, il est préférable de l'ajouter à la fin.

Infusion d'asperges et mouillettes de chèvre

Pour 6 personnes

Préparation 10 min **Cuisson** 20 min

2 bottes d'asperges vertes ■ 3 cuil. à soupe d'huile d'olive fruitée ■ 2 cuil. à soupe de crème fleurette ■ 1/4 de bouquet de cerfeuil ou de coriandre ■ 1 flûte à l'ancienne ■ 1 chèvre (chabichou ou selles-sur-cher) ■ sel ■ poivre du moulin

*F*aites chauffer 1,5 litre d'eau dans une grande casserole et salez-la quand elle bout. Coupez le bout des tiges des asperges mais ne les pelez pas. Lavez-les, coupez-les en deux et faites-les cuire pendant 15 à 20 minutes dans l'eau bouillante.

Mixez les asperges avec le cerfeuil ou la coriandre en ajoutant petit à petit le liquide de cuisson jusqu'à ce que vous obteniez une consistance veloutée (il n'est pas nécessaire de tout mettre). Ajoutez l'huile d'olive et la crème, puis poivrez et servez aussitôt, accompagné de mouillettes de pain tartinées de chèvre.

Mon conseil

Les asperges vertes conviennent très bien pour cette recette car on ne les pèle pas ; elles sont de plus très parfumées. Vous pouvez néanmoins, bien sûr, utiliser des asperges blanches.

Soupe à l'oignon

Pour 6 personnes

Préparation 10 min **Cuisson** 35 min

3 oignons doux ■ 50 g de beurre ■ 2 litres de bouillon de volaille, de pot-au-feu ou d'eau ■ 6 tranches de pain de campagne ■ 150 g de fromage fraîchement râpé ■ sel ■ poivre du moulin

*P*elez les oignons, coupez-les en deux, émincez-les et faites-les revenir avec le beurre dans une sauteuse ou dans une cocotte jusqu'à ce qu'ils soient d'une belle couleur caramel. Ajoutez alors le liquide choisi, portez à ébullition, salez, poivrez et laissez frémir pendant 20 minutes.

Pendant ce temps, préchauffez le four à 210 °C (th. 7) et faites griller les tranches de pain. Versez la soupe dans une soupière ou dans des bols individuels résistant à la chaleur, posez les tranches de pain dessus, répartissez le fromage râpé et faites gratiner dans le four pendant 10 à 15 minutes. Servez brûlant.

Mon conseil

On peut réaliser une version plus simple en cuisant la soupe pendant 30 minutes et en la servant, avec des petits croûtons et du fromage râpé, sans la faire gratiner ; c'est aussi très bon.

Velouté de potimarron au cerfeuil

Pour 4 personnes

Préparation 15 min **Cuisson** 30 min

1 potimarron ▪ 60 cl de bouillon de légumes, de bouillon de volaille ou d'eau ▪ 2 gousses d'ail ▪ 1 courgette ▪ noix de muscade ▪ piment d'Espelette ▪ 4 cuil. à soupe de crème fraîche épaisse ▪ 1/4 de bouquet de cerfeuil ▪ sel ▪ poivre du moulin

Lavez le potimarron, coupez-le en deux et retirez les graines, puis coupez la chair en dés. Faites chauffer l'eau ou le bouillon. Pelez l'ail. Épluchez la courgette et coupez-la en quatre. Faites cuire le potimarron, l'ail et la courgette dans le bouillon additionné d'un peu de sel pendant 25 minutes. Ajoutez alors la crème, le cerfeuil, une pincée de noix de muscade et une de piment d'Espelette, poivrez et mixez avec un mixeur plongeant ou un blender. Servez le velouté aussitôt, pendant qu'il est encore bien brûlant.

Mon conseil

Contrairement au potiron, le potimarron ne se pèle pas. Choisissez-le issu de l'agriculture biologique de préférence.

Bouillon de bœuf aux vermicelles

Pour 6 personnes

Préparation 10 min **Cuisson** 3 h la veille

1 queue de bœuf + 1 os ▪ 2 carottes ▪ 2 navets ▪ 1 oignon ▪ 1 gousse d'ail ▪ 1 poireau ▪ 1 branche de céleri ▪ 3 grains de poivre noir ▪ 3 brins de cerfeuil ▪ 100 g de vermicelles ▪ sel

*M*ettez la queue de bœuf et l'os dans un faitout, couvrez largement d'eau froide, salez et portez à ébullition sur feu vif, puis écumez. Ajoutez un verre d'eau froide, portez de nouveau à ébullition, écumez encore une fois et laissez frémir sur feu doux pendant que vous préparez les légumes.

Pelez les carottes, les navets, l'oignon et l'ail. Épluchez le poireau, fendez-le en quatre et lavez-le. Coupez le céleri en tronçons, en retirant les fils au fur et à mesure. Mettez tous les légumes dans le bouillon, ajoutez le poivre et le cerfeuil, et faites cuire à petits frémissements, couvercle entrouvert, pendant 3 heures en tout. Laissez refroidir, puis mettez au frais jusqu'au lendemain pour pouvoir dégraisser le bouillon, c'est-à-dire retirer la couche de gras blanc et dur qui surnage.

Portez le bouillon à ébullition. Pendant ce temps, faites cuire les vermicelles pendant quelques minutes dans de l'eau bouillante salée, en suivant les indications portées sur le paquet. Répartissez les vermicelles dans des bols, versez le bouillon dessus et servez.

Mon conseil

Lorsque vous faites un pot-au-feu, utilisez le bouillon dégraissé pour cette recette, toute simple mais que la plupart d'entre nous adorent.

Vous pouvez faire cuire les vermicelles directement dans le bouillon, mais l'amidon qu'ils contiennent le trouble un peu.

Maquereaux à la moutarde

Pour 6 personnes

Préparation 5 min **Cuisson** 20 min

6 petits maquereaux ■ 2 échalotes ■ 50 g de beurre ■ 20 cl de vin blanc sec ■ 2 cuil. à soupe de moutarde à l'ancienne ■ 2 cuil. à soupe de crème fraîche épaisse ■ sel ■ poivre du moulin

Faites vider les maquereaux par votre poissonnier. Préchauffez le four à 240 °C (th. 8). Pelez les échalotes, hachez-les et faites-les revenir dans 25 g de beurre pendant 5 minutes. Mettez les maquereaux les uns à côté des autres dans un plat à four, mouillez avec le vin blanc, salez, poivrez et parsemez les échalotes. Enfournez et laissez cuire pendant 10 minutes, puis réservez les poissons au chaud.

Récupérez le jus de cuisson, filtrez-le et versez-le dans une petite casserole. Faites réduire de moitié sur feu vif. Ajoutez la moutarde, le reste de beurre ainsi que la crème, mélangez et posez la casserole sur feu doux pour réchauffer la sauce, en remuant sans cesse. Servez les poissons directement dans les assiettes et nappez-les de sauce.

Mon conseil Vous pouvez ajouter quelques moules grattées et ébarbées dans le plat, elles s'ouvriront pendant la cuisson et parfumeront le jus.

Filets de sole à la normande

Pour 6 personnes

Préparation 20 min **Cuisson** 20 min

3 belles soles
Pour la sauce : 6 échalotes ▪ 50 g de beurre ▪ 25 cl de fumet de poisson ▪
25 cl de vin blanc ▪ 25 cl de crème fleurette ▪ 1 cuil. à soupe de sucre ▪
fleur de sel ▪ poivre du moulin

*F*aites lever les filets et retirer la peau des soles par le poissonnier. Roulez les filets de sole sur eux-mêmes et réservez-les au frais.

Préparez la sauce : pelez les échalotes, hachez-les et faites-les revenir pendant 5 minutes dans le beurre ; saupoudrez de sucre, versez le fumet de poisson et laissez réduire de moitié. Ajoutez le vin blanc et faites à nouveau réduire de moitié. Ajoutez la crème fleurette et laissez mijoter sur feu doux pendant 10 à 15 minutes. Salez et poivrez.

Pendant ce temps, faites cuire les filets de sole à la vapeur pendant 15 minutes, ou au four à micro-ondes pendant 4 à 5 minutes. Versez la crème fraîche dans la sauce, faites réduire d'un tiers, sucrez, salez

et poivrez. Présentez les filets de sole sur des assiettes chaudes, nappez-les de sauce et accompagnez-les de quelques pommes de terre à l'eau ou de riz blanc.

Vous pouvez ajouter 1 cuillerée à café de concentré de tomates dans la sauce en même temps que la crème fraîche : vous aurez ainsi une sauce un peu rosée.

Pour rouler les filets de sole et qu'ils conservent leur forme en cuisant, il faut que le côté le plus blanc soit vers l'intérieur.

Barbue rôtie
au beurre d'herbes

Pour 6 à 8 personnes

Préparation 5 min **Cuisson** 40 min

1 belle barbue ▪ 100 g de beurre ▪ quelques feuilles de cerfeuil, d'estragon et de coriandre ▪ huile d'olive ▪ sel ▪ poivre du moulin

*D*emandez au poissonnier, après avoir vidé la barbue, de la couper en six à huit tronçons en fonction du nombre de convives attendus. Préchauffez le four à 240 °C (th. 8). Mettez les morceaux de poisson dans un grand plat à four, parsemez-les de noisettes de beurre, répartissez les herbes finement ciselées dessus, salez, poivrez et arrosez d'un bon filet d'huile d'olive. Baissez la température du four à 210 °C (th. 7). Versez un demi-verre d'eau (10 cl) dans le fond du plat, enfournez et faites cuire pendant 30 à 40 minutes (cela dépend de l'épaisseur du poisson), en arrosant régulièrement avec le jus de cuisson. Servez le poisson dans le plat, avec des petites pommes de terre cuites à l'eau.

Mon conseil

Vous pouvez remplacer la barbue par du turbot, lui aussi parfait pour cette recette.

Il existe un ustensile formidable, un tube en verre ou en Inox terminé par une poire en caoutchouc, qui permet d'aspirer la sauce et d'arroser pendant la cuisson sans se brûler.

Filets de bar à la vanille

Pour 6 personnes

Préparation 15 min **Cuisson** 20 min

1 gousse de vanille ▪ 120 g de beurre mou ▪ 1 orange non traitée ▪ 6 filets de bar d'environ 200 g pièce ▪ fleur de sel ▪ poivre blanc du moulin

Fendez la gousse de vanille en deux dans le sens de la longueur et, avec la pointe d'un couteau, grattez les graines noires aromatiques qu'elle renferme et mélangez-les au beurre. Préchauffez le four à 210 °C (th. 7). Pressez l'orange. Posez les filets dans un plat à four tapissé d'une feuille de papier sulfurisé, puis étalez du beurre vanillé sur chaque filet, arrosez de jus d'orange, parsemez de fleur de sel et poivrez. Couvrez le plat avec du papier sulfurisé ou avec du papier d'aluminium, enfournez et laissez cuire pendant 20 minutes. Servez aussitôt avec du riz, que vous aurez aromatisé avec le zeste finement râpé de l'orange.

Mon conseil

Le cabillaud et le lieu conviennent aussi pour cette recette. Vous pouvez préparer le plat le matin ou la veille, et le faire cuire au dernier moment : le poisson s'imprégnera des arômes de la vanille et de l'orange.

Pavés de cabillaud aux épices

Pour 6 personnes

Préparation 15 min **Cuisson** 15 min

2 cuil. à soupe d'épices mélangées (graines de cumin, de coriandre et de fenouil, badiane, cannelle...) ▪ 2 gousses d'ail ▪ 6 pavés de cabillaud avec la peau de 200 g pièce ▪ 3 cuil. à soupe d'huile d'olive ▪ 4 cuil. à soupe de vinaigre balsamique ▪ sel ▪ poivre blanc du moulin

*C*oncassez grossièrement toutes les épices. Pelez les gousses d'ail et hachez-les. Passez les tranches de poisson côté peau, légèrement huilées avec 1 cuillerée à soupe d'huile d'olive, dans le mélange d'épices et dans l'ail haché, salez et poivrez. Versez les 2 cuillerées à soupe d'huile d'olive restantes dans une sauteuse antiadhésive, mettez-y les pavés de cabillaud côté peau et faites-les cuire, à couvert et sur feu doux, pendant 10 minutes. Retournez-les alors et poursuivez la cuisson côté chair pendant 5 minutes. Répartissez les pavés sur des assiettes préchauffées, déglacez la poêle avec le vinaigre balsamique et 4 cuillerées à soupe d'eau, puis versez sur le poisson et servez aussitôt.

Mon conseil

Vous pouvez, sur le même principe, poêler tous les poissons un peu épais en gardant la peau.

Pavés de saumon à la coriandre et tomates caramélisées

Pour 6 personnes

Préparation 10 min   **Cuisson** 10 min

500 g de tomates cerises ▪ huile de pépins de raisin ▪ 2 cuil. à soupe de sucre roux ▪ 6 pavés de saumon avec la peau de 200 g pièce ▪ 2 cuil. à soupe de graines de coriandre ▪ 1/2 bouquet de coriandre ▪ sel ▪ poivre du moulin

*L*avez, égouttez et équeutez les tomates cerises. Mettez à chauffer un peu d'huile dans une sauteuse, ajoutez les tomates et faites-les revenir sur feu vif. Réduisez le feu, salez et laissez cuire pendant 10 minutes, puis saupoudrez de sucre, faites caraméliser et réservez au chaud.

Poêlez les pavés de saumon côté peau dans un peu d'huile pendant 8 minutes. Ajoutez les graines de coriandre légèrement écrasées et retournez les pavés avant d'ajouter la coriandre fraîche ciselée, de saler et de poivrer. Laissez cuire pendant encore 2 minutes et servez aussitôt, avec les tomates.

Mon conseil Choisissez du saumon d'Écosse label rouge, c'est un saumon qui est encore très bon.

Daurade en croûte de sel aux herbes

Pour 6 personnes

Préparation 5 min **Cuisson** 30 min

1 daurade royale ▪ 1 kg de gros sel de mer ▪ 1 poignée de thym frais ▪ 1 blanc d'œuf

*D*emandez à votre poissonnier de vider la daurade par les ouïes pour que le moins de sel possible pénètre la chair. Préchauffez le four à 210 °C (th. 7). Préparez un plat à four pouvant contenir le poisson ; coupez éventuellement la queue de ce dernier avec des ciseaux de cuisine si elle dépasse du plat.

Mettez le sel et les herbes dans le bol d'un robot et mixez à grande vitesse jusqu'à ce que le sel soit vert, puis ajoutez le blanc d'œuf et mixez encore jusqu'à ce que la consistance soit homogène. Tapissez le plat d'une couche de sel, posez le poisson dessus et recouvrez-le entièrement de sel. Enfournez et laissez cuire pendant 30 minutes.

À l'issue de la cuisson, laissez la daurade reposer pendant 5 minutes avant de la présenter, puis cassez la croûte de sel et dégagez le poisson du mieux que vous le pouvez afin de prélever facilement la chair.

Mon conseil

Le bar aussi peut être cuit de cette façon, de même que le poulet.

Lorsqu'on écrit « daurade », on parle forcément de la daurade royale ; les autres dorades s'orthographient avec un « o ».

Dos de cabillaud rôti

Pour 6 personnes

Préparation 15 min **Cuisson** 1 h

1 dos de cabillaud ▪ 200 g de champignons de Paris ▪ 3 carottes ▪
5 gousses d'ail ▪ 1 oignon ▪ 1/2 branche de céleri ▪ huile d'olive ▪
1 bouquet garni ▪ 3 tomates ▪ 1 cuil. à soupe de concentré de tomates
▪ 20 cl de vin blanc ▪ 1 cuil. à soupe de fond de veau déshydraté ▪
quelques feuilles d'estragon ▪ sel ▪ poivre du moulin

*D*emandez à votre poissonnier de ficeler le cabillaud
comme un rôti. Allumez le four à 180 °C (th. 6).
Pelez tous les légumes et coupez-les en petits dés,
à l'exception des tomates. Versez un peu d'huile
d'olive dans une grande cocotte allant au four, jetez-y
les légumes et le bouquet garni, et faites revenir
pendant 10 minutes sur feu doux.

Retirez le pédoncule et les graines des tomates
avant de concasser la chair. Ajoutez-la ainsi que le
concentré de tomates dans la cocotte, laissez cuire
pendant encore 5 minutes, puis ajoutez le vin blanc
et le fond de veau délayé dans un verre d'eau
bouillante. Mélangez bien et faites réduire de moitié
sur feu vif.

Ajoutez le poisson, salez, poivrez et parsemez
d'estragon. Enfournez la cocotte (sans son couver-

cle) et laissez cuire pendant 30 à 40 minutes, selon l'épaisseur du rôti de cabillaud. Servez ensuite avec des pommes de terre à l'eau ou du riz nature.

Le cabillaud se mariant très bien avec le goût du veau, n'hésitez pas à utiliser du jus de veau frais si vous en avez.

Queue de cabillaud au fenouil et aux olives noires

Pour 6 personnes

Préparation 20 min **Cuisson** 30 min

1 queue de cabillaud de 1,2 kg environ ▪ 1 cuil. à café de graines d'anis ▪ 3 bulbes de fenouil ▪ 1 citron non traité ▪ 40 g de beurre ▪ 100 g d'olives noires ▪ huile d'olive ▪ sel ▪ poivre du moulin

*P*réchauffez le four à 240 °C (th. 8). Mettez le poisson dans un plat, salez-le, poivrez-le, arrosez-le d'un filet d'huile d'olive et parsemez-le de graines d'anis. Enfournez et laissez cuire pendant 30 minutes.

Pendant ce temps, enlevez les premières côtes des fenouils, coupez-les en tranches dans le sens de la hauteur et faites-les blanchir pendant 10 minutes dans de l'eau bouillante salée. Brossez le citron sous l'eau chaude, essuyez-le et râpez son zeste.

Égouttez les fenouils, mettez-les dans une sauteuse avec le beurre, les olives, le zeste, du sel, du poivre et un filet d'huile d'olive, puis faites-les cuire doucement pendant 20 minutes. Entourez le poisson des légumes et servez aussitôt.

Mon conseil

Utilisez des minifenouils, que l'on trouve maintenant dans tous les supermarchés : ils cuisent très vite, sont très parfumés et particulièrement fondants.

Lotte à la tomate et à l'ail

Pour 6 personnes

Préparation 10 min **Cuisson** 25 min

4 gousses d'ail ■ 6 cuil. à soupe d'huile d'olive ■ 12 petits médaillons de lotte (ou 6 gros) ■ 2 cuil. à soupe de concentré de tomates ■ 6 feuilles de basilic ■ sel ■ poivre du moulin

*P*elez les gousses d'ail et passez-les au presse-ail ou hachez-les. Mettez à chauffer l'huile d'olive dans une sauteuse antiadhésive et faites-y revenir les médaillons de lotte sur les deux faces, puis ajoutez l'ail haché, couvrez à moitié et laissez mijoter pendant 20 minutes.

Ajoutez alors le concentré de tomates, augmentez le feu et laissez cuire sur feu vif pendant 5 minutes en remuant sans cesse.

Salez, poivrez, parsemez de basilic finement ciselé et servez aussitôt.

Mon conseil

Vous pouvez réaliser cette recette avec des joues de lottes. Comptez alors 10 à 15 minutes de cuisson au total.

Rôti
de queue de lotte
aux herbes fraîches

Pour 6 personnes

Préparation 15 min **Cuisson** 40 min

1 belle queue de lotte ▪ 1/2 bouquet de cerfeuil ▪ 1/2 bouquet d'estragon
▪ 1/2 bouquet de basilic ▪ 3 brins de menthe ▪ 1 cuil. à soupe de poivre
vert frais ▪ 3 gousses d'ail ▪ huile d'olive ▪ sel ▪ poivre du moulin
Pour la sauce : 1 orange non traitée ▪ 100 g de beurre ▪ 4 cuil. à soupe
de crème fraîche épaisse ▪ 2 doses de safran en poudre ▪ sel ▪ poivre
blanc du moulin

*F*aites retirer la fine peau noire qui recouvre la lotte
et lever les filets en retirant le cartilage central ;
vous obtenez deux filets. Allumez le four à 200 °C
(th. 6-7). Lavez rapidement les herbes, épongez-les
dans du papier absorbant et retirez leurs plus grosses
tiges, puis mettez-les dans le bol d'un robot et
mixez-les grossièrement. Pelez et hachez l'ail.

Posez les filets de lotte à plat sur le plan de travail, salez-les, poivrez-les et déposez les herbes, l'ail
haché ainsi que le poivre vert sur l'un d'eux. Placez
l'autre filet par-dessus et ficelez l'ensemble comme
un rôti avec de la ficelle de cuisine. Mettez le rôti de
lotte dans un plat allant au four, arrosez-le d'un filet

d'huile d'olive, salez et poivrez à nouveau, puis enfournez et laissez cuire pendant 30 à 40 minutes.

Pendant ce temps préparez la sauce : lavez l'orange sous l'eau chaude, râpez son zeste, pressez-la et versez le jus dans un bol ; ajoutez le zeste, le beurre détaillé en petits morceaux, la crème, le safran, du sel et du poivre. Chauffez la sauce pendant 4 minutes au four à micro-ondes juste avant de servir le poisson.

 Mon conseil

Vous pouvez servir cette lotte avec une purée de pommes de terre au safran ou, pour changer, une purée de patates douces.

Sardines farcies à la brousse

Pour 6 personnes

Préparation 30 min **Cuisson** 30 min

60 g de pignons de pin ■ 3 gousses d'ail ■ 150 g de brousse de brebis ■ 6 cuil. à soupe d'herbes hachées (basilic, cerfeuil, coriandre) ■ huile d'olive ■ les filets de 12 sardines ■ thym frais ■ sel ■ poivre du moulin

*F*aites dorer les pignons dans une poêle sans matière grasse. Pelez l'ail, passez-le au presse-ail ou hachez-le finement et mettez-le dans un bol. Ajoutez la brousse, les herbes, les pignons et 4 cuillerées à soupe d'huile d'olive, salez, poivrez et mélangez.

Préchauffez le four à 200 °C (th. 6-7). Posez les filets de sardine à plat sur le plan de travail, côté chair vers vous, et déposez 1 cuillerée à soupe bombée de farce à l'endroit le plus large. Roulez le filet en ramenant la queue vers le haut, puis maintenez-le dans cette position avec une pique en bois.

Disposez les sardines dans un plat à four, arrosez-les d'un filet d'huile d'olive, salez-les, poivrez-les et parsemez-les de thym frais. Baissez la température du four à 180 °C (th. 6), enfournez et laissez cuire pendant 30 minutes environ.

Toutes les herbes se prêtent à cette recette, à vous de choisir selon vos goûts (coriandre, ciboulette, persil plat, estragon...).

Vous pouvez remplacer la brousse par de la ricotta.

Les sardines doivent être vidées, mais les filets doivent rester joints par le dos. Si vous achetez des filets séparés, vous ne pourrez pas disposer la farce convenablement.

Raie
au beurre noisette

Pour 4 personnes

Préparation 20 min   **Cuisson** 20 min

1 aile de raie de 1,5 kg (ou 2 petites ailes) ▪ 2 cuil. à soupe de vinaigre de vin blanc ▪ 100 g de beurre ▪ 4 cuil. à soupe de câpres ▪ sel ▪ poivre blanc du moulin

*M*ettez la raie dans un faitout avec le vinaigre de vin blanc, couvrez-la d'eau froide et portez à ébullition, puis laissez cuire pendant 15 à 20 minutes à petits frémissements.

Faites chauffer le beurre dans une grande poêle et retirez-le du feu dès qu'il se colore et sent la noisette. Ajoutez alors les câpres et réservez sur feu très doux.

Pelez la raie, coupez-la en quatre et mettez-la à réchauffer doucement dans la poêle. Salez, poivrez et répartissez sur des assiettes préchauffées, puis arrosez de beurre aux câpres et servez aussitôt.

Pour ne pas vous brûler en retirant la peau de la raie, utilisez des gants en caoutchouc (que vous réserverez à cet usage). Vous pouvez aussi demander au poissonnier de retirer la peau à cru ; dans ce cas, faites cuire la raie dans une poêle avec un peu de beurre et arrosez-la au dernier moment avec le beurre noisette aux câpres.

Effilochée de morue, pommes de terre écrasées

Pour 6 personnes

Préparation 30 min   **Cuisson** 30 min   **Repos** 24 h

1 épais filet de morue ▪ 1 kg de pommes de terre ▪ 10 cl d'huile d'olive ▪ 3 cuil. à soupe d'herbes ciselées (ciboulette, persil plat, cerfeuil) ▪ sel ▪ poivre blanc du moulin

*R*incez la morue en la frottant sous l'eau froide et faites-la dessaler pendant 24 heures, en changeant l'eau plusieurs fois. Lavez les pommes de terre et faites-les cuire pendant 20 minutes environ dans de l'eau bouillante salée. Mettez la morue dans de l'eau froide, portez à ébullition et laissez pocher pendant 10 minutes à petits frémissements. Pelez les pommes de terre et écrasez-les grossièrement à la fourchette, puis remettez-les dans la casserole avec l'huile d'olive, du poivre et les herbes, et réchauffez-les sur feu doux en remuant sans cesse. Servez la morue effilochée sur les pommes de terre.

Mon conseil

Vous pouvez réaliser cette recette avec du cabillaud – qui est en fait de la morue avant séchage –, que vous ferez poêler pendant 3 minutes de chaque côté dans un peu de beurre.

Rouleaux de lieu au Parme

Pour 6 personnes

Préparation 20 min **Cuisson** 20 min

12 tronçons de lieu de 80 g pièce sans peau ni arêtes ▪ 12 fines tranches de jambon de Parme ▪ 40 g de beurre ▪ 1/2 bouquet de ciboulette ▪ 15 cl de crème fleurette ▪ sel ▪ poivre blanc du moulin

*S*alez et poivrez chaque tronçon de lieu, puis enroulez-le dans une tranche de jambon de Parme et maintenez le tout avec une pique en bois. Mettez à fondre le beurre dans une poêle antiadhésive et faites-y revenir les petits rouleaux obtenus en les tournant de façon à les saisir sur toutes les faces.

Couvrez ensuite la poêle et laissez cuire sur feu doux pendant 10 minutes. Ciselez la ciboulette. Ajoutez-la au dernier moment dans la poêle avec la crème et faites bouillir pendant 2 minutes, puis servez aussitôt.

Mon conseil Pour cette recette, vous pouvez tout à fait remplacer le lieu par du cabillaud ou par de la julienne.

Lisettes au vin blanc

Pour 6 personnes

Préparation 5 min **Cuisson** 25 min **Repos** 12 h

12 filets de lisettes ▪ 1 oignon ▪ 2 carottes ▪ 1 bouquet garni ▪
1 bouteille de vin blanc (de type chardonnay) ▪ 1 petit citron ▪ sel ▪
10 grains de poivre

*D*emandez à votre poissonnier de lever les filets des lisettes et de vous donner les arêtes. Pelez l'oignon, coupez-le en deux et émincez-le. Épluchez les carottes et coupez-les en rondelles. Brossez le citron sous l'eau chaude et coupez-le en rondelles. Mettez l'oignon, les carottes, les rondelles de citron, le bouquet garni, le vin blanc, les arêtes, du sel et les grains de poivre dans une grande casserole, portez à ébullition et laissez frémir pendant 15 minutes.

Ajoutez les filets de lisette dans la casserole, portez de nouveau à ébullition et faites cuire pendant 1 minute, puis retirez le poisson à l'aide d'une écumoire et déposez-le dans un plat creux. Faites réduire le fumet pendant 10 minutes sur feu vif, versez-le sur les lisettes et laissez refroidir. Couvrez le plat de film alimentaire et réservez-le au frais pendant 12 heures.

Mon conseil

Vous pouvez remplacer les lisettes par 6 maquereaux : comptez alors 3 minutes de cuisson à la reprise de l'ébullition.

Petits poissons panés citronnés

Pour 6 personnes

Préparation 15 min **Cuisson** 8 min

25 cl de lait ▪ 100 g de farine ▪ 2 œufs ▪ 100 g de chapelure ▪ 6 filets de poisson ▪ beurre ▪ 1 citron ▪ sel ▪ poivre du moulin

Mettez le lait, la farine, les œufs entiers et la chapelure dans quatre assiettes creuses. Battez les œufs à la fourchette, salez-les et poivrez-les. Épongez les filets de poisson avec du papier absorbant. Trempez-les dans le lait des deux côtés, passez-les dans la farine, puis dans les œufs battus et enfin dans la chapelure. Tapotez-les pour retirer l'excédent de chapelure. Mettez à chauffer du beurre dans une poêle à revêtement antiadhésif et faites-y revenir les poissons pendant 3 à 4 minutes de chaque côté. Servez aussitôt, après avoir arrosé de quelques gouttes de jus de citron.

Mon conseil

Adorés des enfants, ces poissons panés peuvent aussi convenir aux adultes. Pour avoir un goût plus marqué, mixez la chapelure avec des herbes ou des épices. Si vous aimez les merlans, demandez à votre poissonnier de vous les préparer en filets : ils conviendront très bien pour cette recette, de même que le sabre.

Moules à la crème

Pour 6 personnes

Préparation 30 min **Cuisson** 10 min

3 litres de moules de bouchot ■ 3 échalotes ■ 80 g de beurre ■ 1 feuille de laurier ■ 3 brins de thym ■ 30 cl de vin blanc sec ■ 250 g de crème fraîche épaisse ■ quelques brins de persil plat ■ sel ■ poivre blanc du moulin

*L*avez les moules, grattez-les sous un filet d'eau froide et ébarbez-les. Pelez les échalotes et hachez-les, puis faites-les suer dans un grand faitout avec le beurre, le laurier et le thym effeuillé. Ajoutez le vin blanc et les moules, que vous ferez ouvrir sur feu vif pendant 8 à 10 minutes en secouant le faitout de temps en temps. Prélevez les moules à l'aide d'une écumoire et réservez-les. Filtrez le jus de cuisson des coquillages, reversez-le dans le faitout, salez un tout petit peu, poivrez, ajoutez la crème et portez à ébullition. Remettez alors les moules dans le faitout, parsemez de persil finement ciselé, réchauffez rapidement et servez aussitôt.

Mon conseil

Vous n'êtes pas obligé de filtrer le jus : vous pouvez ajouter la crème sur les moules au dernier moment, faire bouillir pendant 3 à 4 minutes et servir (vous aurez juste un peu de sable dans le fond de l'assiette).
Si vous aimez le safran, ajoutez-en deux ou trois doses en même temps que le vin blanc.

Navarin d'agneau

Pour 6 à 8 personnes

Préparation 20 min **Cuisson** 1 h 30

30 g de beurre ■ 6 cuil. à soupe d'huile ■ 2 kg d'épaule d'agneau coupée en morceaux ■ 1 cuil. à soupe de sucre ■ 4 cuil. à soupe rases de farine ■ 4 tomates ■ 2 gousses d'ail ■ 1 bouquet garni ■ 1 botte de carottes ■ 1 botte d'oignons ■ 1 botte de navets ■ 500 g de petits pois à écosser ■ sel ■ poivre du moulin

*F*aites chauffer le beurre et l'huile dans une grande cocotte, mettez-y les morceaux de viande et faites-les revenir de tous les côtés. Saupoudrez-les de sucre et faites-les caraméliser en remuant sans cesse, puis ajoutez la farine et laissez pendant encore 1 minute. Versez alors assez d'eau froide pour recouvrir la viande, et portez à ébullition.

Pendant ce temps, pelez les tomates, épépinez-les et concassez grossièrement la chair. Aplatissez les gousses d'ail sans les peler avec le plat d'un couteau. Ajoutez les tomates, l'ail, le bouquet garni, du sel et du poivre dans la cocotte, couvrez à demi et laissez mijoter pendant environ 1 heure.

Préparez tous les légumes : pelez les carottes, les oignons et les navets ; écossez les petits pois. Prélevez les morceaux de viande à l'aide d'une écumoire, filtrez le bouillon de cuisson et reversez l'en-

semble dans la cocotte. Ajoutez alors les légumes et poursuivez la cuisson pendant 30 minutes, en veillant à retirer le couvercle au début du dernier quart d'heure pour que la sauce épaississe.

 Mon conseil

Le bouquet garni se compose de thym, de laurier, de vert de poireau, de céleri-branche, de queues de persil et, si vous en avez, d'un brin de marjolaine.

Vous pouvez ajouter au dernier moment des haricots verts cuits à part et des petites pommes de terre nouvelles, également cuites à part.

Gigot de sept heures

Pour 6 à 8 personnes

Préparation 20 min **Cuisson** 7 h

1 botte d'oignons ▪ 1 carotte ▪ 1 branche de céleri ▪ 1 poireau ▪
4 gousses d'ail ▪ 40 g de beurre ▪ 1 gigot ▪ 1 noix de beurre ▪ thym ▪
1 bouquet garni ▪ 2 cuil. à soupe de fond de veau déshydraté ▪ sel ▪ poivre
du moulin

*P*elez et émincez les oignons, en gardant un peu de
vert des tiges. Épluchez la carotte, le céleri et le poireau, puis coupez-les tous les trois en petits dés.
Pelez les gousses d'ail. Allumez le four à 150 °C (th. 5).

Dans une grande cocotte à fond épais allant au
four, faites fondre le beurre et blondir les oignons
ainsi que les dés de légumes sur feu doux. Dès qu'ils
sont dorés, retirez-les de la cocotte et faites revenir
le gigot à leur place, en ajoutant éventuellement une
noix de beurre.

Remettez les légumes dans la cocotte, ajoutez les
gousses d'ail, du thym, le bouquet garni, du sel et du
poivre, puis versez le fond de veau délayé dans 25 cl
d'eau bouillante. Couvrez la cocotte, enfournez et
laissez cuire pendant 7 heures.

*Mon
conseil*

Il est possible d'utiliser du bouillon de volaille ou de
bœuf. Vous pouvez retourner le gigot à mi-cuisson.
Entourez le bouton du couvercle de la cocotte d'une triple
épaisseur de papier d'aluminium s'il n'est pas en laiton.

Jarret de veau à l'estragon

Pour 4 à 6 personnes

Préparation 15 min **Cuisson** 3 h

40 g de beurre ▪ 1 cuil. à soupe d'huile ▪ 1 beau jarret de veau (ou 2 petits) ▪ 12 échalotes ▪ 1 bouquet d'estragon ▪ 1 os de veau ▪ 20 cl de vin blanc sec ▪ 20 cl de bouillon de volaille ▪ 4 cuil. à soupe de miel ▪ 2 cuil. à soupe de sauce soja ▪ fleur de sel ▪ poivre du moulin

*M*ettez à chauffer le beurre et l'huile dans une grande cocotte et faites-y revenir le jarret sur toutes les faces jusqu'à ce qu'il soit bien doré. Pendant ce temps, coupez les extrémités des échalotes, fendez-les en deux dans le sens de la hauteur et retirez la peau. Mettez les échalotes dans la cocotte et faites-les blondir un peu, puis ajoutez l'estragon effeuillé et l'os, mouillez avec le vin et le bouillon, salez et poivrez. Couvrez et faites cuire sur feu très doux pendant 3 heures ; pensez à retourner la viande de temps en temps, à l'arroser et à ajouter un peu d'eau si le jus de cuisson disparaît trop vite. Environ 10 minutes avant la fin de la cuisson, ajoutez le miel et la sauce soja, puis terminez la cuisson sans couvercle, en arrosant régulièrement le jarret avec le jus.

Vous pouvez cuire le jarret au four à 160 °C (th. 5-6) pendant 3 heures également.

Ce plat peut être préparé la veille et réchauffé à feu doux.

Servez-le avec de la polenta ou une compote de pommes salée.

Filet mignon de porc en croûte d'herbes

Pour 4 personnes

Préparation 10 min **Cuisson** 40 min **Repos** 10 min

1/4 de bouquet de cerfeuil ▪ 1/4 de bouquet de persil plat ▪ 1/4 de bouquet de coriandre ▪ 1/4 de bouquet d'estragon ▪ 1 filet mignon de porc ▪ 4 cuil. à soupe de moutarde au miel ▪ 1 pâte feuilletée prête à l'emploi ▪ 1 œuf ▪ sel ▪ poivre du moulin

*P*réchauffez le four à 200 °C (th. 6-7), sortez la plaque du four et posez une feuille de papier sulfurisé dessus. Lavez les herbes et hachez-les finement, puis mettez-en 1 cuillerée à soupe de côté dans un ramequin et étalez le reste sur une planche. Badigeonnez la viande de moutarde, salez-la, poivrez-la et roulez-la dans le hachis d'herbes.

Étalez la pâte sur le plan de travail fariné en un rectangle pouvant contenir le filet, posez la viande dessus, emballez-la et soudez les bords en humidifiant la pâte avec un peu d'eau. Battez l'œuf entier, badigeonnez-en la pâte et saupoudrez-la des herbes réservées.

Enfournez et laissez cuire pendant 15 minutes, puis baissez la température du four à 180 °C (th. 6) et poursuivez la cuisson pendant 25 minutes.

Éteignez le four et laissez le filet mignon reposer dedans pendant 5 à 10 minutes avant de le découper et de le servir. Vous pouvez accompagner ce plat d'une purée de pommes de terre enrichie d'une petite poignée d'herbes hachées.

Mon conseil

L'idéal, si vous avez un peu de temps, est de faire revenir rapidement la viande dans du beurre jusqu'à ce qu'elle soit bien dorée, de la laisser refroidir, puis de la rouler dans la moutarde et les herbes.

Carré de porc rôti à la sauge

Pour 5 ou 6 personnes

Préparation 10 min la veille   **Cuisson** 2 h

3 gousses d'ail pelées ▪ 1 carré de porc de 1,6 kg ▪ 4 cuil. à soupe de moutarde à l'ancienne ▪ 3 cuil. à soupe de miel liquide ▪ 6 feuilles de sauge ▪ 1 oignon ▪ 1 carotte ▪ 40 g de beurre ▪ 4 cuil. à soupe d'huile ▪ 1 bouquet garni ▪ sel ▪ poivre du moulin

*L*a veille, coupez les gousses d'ail en bâtonnets dans le sens de la longueur, faites des entailles dans la viande avec un petit couteau et enfoncez-y les éclats d'ail. Mélangez la moutarde, le miel et la sauge ciselée, badigeonnez-en entièrement le carré avec les mains, salez et poivrez, puis couvrez de film alimentaire et réservez au frais jusqu'au lendemain.

Préchauffez le four à 180 °C (th. 6). Épluchez l'oignon et la carotte, et émincez-les. Mettez à chauffer sur feu moyen le beurre et l'huile dans une cocotte allant au four, faites-y revenir la viande sur toutes les faces, ajoutez les légumes, le bouquet garni et 20 cl d'eau. Enfournez la cocotte sans couvercle et laissez cuire pendant 1 h 30, en retournant la viande souvent.

Sortez la viande et réservez-la au chaud. Déglacez la cocotte avec 25 cl d'eau, que vous ferez réduire sur feu vif pendant environ 10 minutes. Coupez la viande et servez-la, avec la sauce et des pommes-fruits caramélisées.

Vous pouvez cuire le carré directement dans le four ; dans ce cas, pensez à ajouter de l'eau dans le plat pour arroser souvent la viande.

Agneau en ragoût

Pour 6 personnes

Préparation 45 min   **Cuisson** 2 h

2 cuil. à soupe d'huile ▪ 40 g de beurre ▪ 1 épaule d'agneau coupée en morceaux ▪ 600 g de poitrine d'agneau coupée en morceaux ▪ 1 cuil. à café de sucre en poudre ▪ 40 g de farine ▪ 2 cuil. à soupe de concentré de tomates ▪ 1 boîte de pulpe de tomates ▪ 2 gousses d'ail ▪ 1 bouquet garni ▪ 1,5 litre de bouillon de volaille ou d'eau ▪ sel ▪ poivre du moulin Pour la garniture : 1 botte d'oignons ▪ 20 g de beurre ▪ 1 kg de petites pommes de terre

*F*aites chauffer l'huile et le beurre dans une grande cocotte, mettez-y les morceaux de viande et faites-les dorer sur toutes leurs faces. Ajoutez le sucre à la fin et mélangez, puis jetez le gras de cuisson, saupoudrez la viande de farine et remuez pour que tous les morceaux en soient enrobés. Ajoutez alors le concentré et la pulpe de tomates, l'ail pelé, le bouquet garni, du sel et du poivre. Mouillez avec le bouillon ou l'eau, couvrez et faites cuire pendant 1 heure à feu doux.

Pelez et émincez les oignons et faites-les dorer dans le beurre en secouant la poêle de temps en temps (comptez environ 15 minutes). Épluchez les pommes de terre, lavez-les et égouttez-les. Au terme de la cuisson de la viande, retirez les morceaux à l'aide d'une écumoire et passez le jus au chinois, puis remettez la viande dans la cocotte. Laissez reposer le jus pendant quelques instants pour pouvoir le dégraisser.

Reversez le jus dans la cocotte, ajoutez les oignons et les pommes de terre (veillez à ce qu'elles soient enfoncées dans le jus), et poursuivez la cuisson pendant 45 minutes à 1 heure. La sauce doit être « nappante » ; si elle est trop liquide, retirez la viande ainsi que les légumes et faites-la réduire sur feu vif. Vérifiez l'assaisonnement et servez aussitôt.

Mon conseil

Essayez de préparer ce plat la veille, il sera meilleur réchauffé ; surtout, vous pourrez facilement retirer la graisse puisqu'elle sera figée à la surface. Pour cela, veillez à ce que le jus dans la cocotte couvre largement les morceaux de viande.

Pot-au-feu

Pour 8 à 10 personnes

Préparation 45 min   **Cuisson** 3 h

1,5 kg de plat de côtes ▪ 1,5 kg de gîte ▪ 1 jarret de veau ▪
2 gousses d'ail ▪ 2 oignons ▪ 2 clous de girofle ▪ 2 carottes ▪ 1 bouquet
garni ▪ 1 petit poireau ▪ 1 branche de céleri ▪ gros sel de mer ▪
20 grains de poivre noir ▪ 2 os à moelle
Pour les légumes : 8 carottes ▪ 1 boule de céleri ▪ 8 navets ▪ 8 poireaux
▪ 8 petits topinambours ▪ 8 pommes de terre ▪ sel ▪ poivre du moulin
Pour servir : fleur de sel ▪ cornichons ▪ pain de campagne ▪ moutarde
à l'ancienne

Mettez les viandes dans un grand faitout, couvrez largement d'eau froide et portez à ébullition. Pendant ce temps, pelez les gousses d'ail ; épluchez les oignons et piquez-les avec les clous de girofle ; pelez les carottes et coupez-les en tronçons ; ficelez le bouquet garni avec le poireau et la branche de céleri coupés en deux.

Dès que l'eau bout, écumez pendant 5 minutes, puis versez un verre d'eau froide, écumez encore et retirez le jarret de veau. Ajoutez alors dans le faitout les légumes, le bouquet garni, du gros sel et les grains de poivre, couvrez et laissez frémir pendant 2 heures.

Au bout de ce temps, remettez le jarret de veau dans le faitout et poursuivez la cuisson pendant 1 heure.

Préparez tous les légumes d'accompagnement : pelez-les et faites-les cuire – excepté les pommes de terre – dans de l'eau bouillante salée pendant environ 20 minutes.

Égouttez les légumes, remettez-les dans la casserole avec 2 louches du bouillon des viandes, couvrez et portez sur feu doux. Cuisez les pommes de terre à part pendant 20 minutes dans de l'eau bouillante salée. Après avoir appliqué du gros sel sur la moelle, faites cuire les os dans du bouillon pendant 10 minutes environ.

Chauffez les assiettes et le plat de service. Déposez les viandes sur ce dernier, ajoutez tous les légumes autour et servez, en proposant à vos convives de la fleur de sel, des cornichons, du pain grillé et de la moutarde à l'ancienne en accompagnement.

Mon conseil

Pensez à surgeler un peu de bouillon refroidi et dégraissé, soit dans des sachets congélation, soit dans des bacs à glaçons : vous en aurez ainsi toujours à portée de main.

Boudin noir aux pommes

Pour 6 personnes

Préparation 20 min **Cuisson** 30 min

10 pommes (boskoop ou reine des reinettes) ▪ 100 g de beurre ▪ 4 cuil. à café de sucre ▪ 6 parts de boudin noir ▪ sel ▪ poivre du moulin

*C*oupez les pommes en quatre, épluchez-les, retirez-leur le cœur et les pépins, puis recoupez chaque quartier en deux dans le sens de la largeur. Mettez à chauffer 50 g de beurre dans une poêle antiadhésive et faites-y revenir les pommes, salées et poivrées, pendant 30 minutes environ, en les retournant de temps en temps avec deux spatules. Saupoudrez-les de sucre et ajoutez 20 g de beurre à la fin de la cuisson pour les caraméliser un peu.

Faites cuire les boudins en même temps que les pommes. Piquez-les en plusieurs endroits à l'aide d'une aiguille (les dents d'une fourchette fragiliseraient la peau, déjà très fine), puis faites chauffer les 30 g de beurre restants dans une autre poêle et mettez-y à dorer les boudins pendant 20 minutes environ, en les retournant deux fois. Servez les boudins aussitôt, bien chauds et entourés des pommes.

Mon conseil

Pour une cuisson facile, mettez les pommes pelées et coupées dans un plat à gratin avec quelques noisettes de beurre, du sel, du poivre et 10 cl d'eau ; faites-les cuire dans le four préchauffé à 180 °C (th. 6) pendant 30 minutes, puis posez les boudins piqués sur les pommes et poursuivez la cuisson pendant 20 minutes environ.

Petit salé aux lentilles

Pour 6 à 8 personnes

Préparation 20 min **Cuisson** 2 h 15 **Repos** 2 h

1 palette ▪ 1 jarret de porc demi-sel ▪ 600 g de travers de porc demi-sel ▪ 2 oignons ▪ 2 échalotes ▪ 2 carottes ▪ 1 saucisse de Morteau ▪ 2 tranches de lard fumé de 1 cm d'épaisseur ▪ 2 clous de girofle ▪ 1 bouquet garni ▪ 10 grains de poivre ▪ 600 g de lentilles vertes du Puy ▪ 4 branches de persil plat ▪ sel ▪ poivre du moulin

Faites dessaler la palette, le jarret et le travers dans de l'eau froide pendant 2 heures, en changeant l'eau deux fois. Pelez les oignons, les échalotes et les carottes. Mettez à chauffer une grande quantité d'eau dans un faitout. Dès qu'elle bout, mettez les viandes dans le faitout, attendez le retour de l'ébullition et écumez. Piquez 1 clou de girofle dans chaque oignon. Ajoutez le bouquet garni, 1 oignon,

1 carotte, un peu de sel et 10 grains de poivre dans le faitout, puis laissez frémir à feu doux pendant 2 heures.

Au bout de 1 heure, mettez les lentilles dans une grande casserole, ajoutez la deuxième carotte, le deuxième oignon et les échalotes, et couvrez largement d'eau froide. Portez à ébullition et laissez cuire pendant 45 minutes ; salez à la fin de la cuisson.

Ajoutez la saucisse piquée de plusieurs coups de fourchette et le lard dans le faitout 30 minutes avant la fin de la cuisson des viandes. Égouttez viandes et lentilles, disposez-les sur le plat de service, parsemez de persil finement ciselé et servez aussitôt.

Il vaut mieux saler les lentilles à la fin de la cuisson car le sel durcit les légumes secs.

Vous pouvez aussi faire revenir l'oignon et les échalotes hachés dans 20 g de beurre, et les ajouter aux lentilles égouttées après cuisson.

Lapin à la moutarde

Pour 6 personnes

Préparation 10 min **Cuisson** 45 min

3 cuil. à soupe d'huile ▪ 30 g de beurre ▪ 1 lapin coupé en morceaux ▪
2 échalotes ▪ 1 louche de bouillon de viande ou de bouillon de volaille
▪ 4 cuil. à soupe de moutarde à l'ancienne ▪ 25 cl de crème fleurette
▪ 1/4 bouquet de persil ou de cerfeuil ▪ sel ▪ poivre du moulin

*V*ersez l'huile dans une cocotte et faites-y fondre le beurre, puis saisissez-y les morceaux de lapin des deux côtés. Ajoutez les échalotes, préalablement pelées et émincées, en remuant jusqu'à ce qu'elles soient dorées. Mouillez avec le bouillon, salez, poivrez, couvrez à demi et laissez mijoter pendant 30 minutes. Ajoutez alors la moutarde et la crème dans la sauteuse, remuez avec la cuillère de bois pour bien mélanger, rectifiez l'assaisonnement et ajoutez le persil ou le cerfeuil haché. Poursuivez la cuisson pendant 15 minutes et servez aussitôt.

Mon conseil

Vous pouvez ajouter 3 ou 4 cuillerées à soupe de gin et 6 baies de genièvre concassées en même temps que le bouillon.

Il est bien sûr possible de remplacer le bouillon par de l'eau, mais c'est moins bon.

Filet de biche aux myrtilles

Pour 6 à 8 personnes

Préparation 30 min   **Cuisson** 15 min

1 cuil. à soupe de poivre mignonnette ▪ 1,6 kg de filet de biche ▪ 40 g de beurre ▪ 20 cl de vin blanc sec ▪ 5 cl de bouillon de volaille ▪ 2 cuil. à soupe de confiture de myrtilles ▪ 125 g de myrtilles fraîches ou surgelées ▪ 10 cl de crème fleurette ▪ fleur de sel

*M*ettez le poivre mignonnette dans une assiette et roulez la viande dedans. Faites chauffer le beurre dans une cocotte et mettez-y à revenir la viande sur toutes les faces. Mouillez avec le vin et le bouillon, parsemez de fleur de sel et couvrez, puis faites cuire pendant 15 minutes.

Sortez la viande de la cocotte, déposez-la dans un plat préalablement passé sous l'eau chaude et essuyé, recouvrez-la de papier d'aluminium et réservez-la au chaud.

Faites réduire le bouillon de cuisson presque complètement, ajoutez la confiture de myrtilles ainsi que les myrtilles fraîches ou surgelées, et laissez les fruits éclater. Ajoutez alors la crème et portez à ébullition, puis versez-la sur la viande et servez aussitôt.

Mon conseil

Servez avec une purée moitié céleri, moitié pommes de terre, et remplacez les myrtilles par des airelles au naturel.

Daube d'agneau aux kumquats confits

Pour 6 à 8 personnes

Préparation 30 min **Cuisson** 3 h **Marinade** 1 nuit

2 épaules d'agneau ■ 2 oignons ■ 10 feuilles de basilic ■ 75 cl de vin rouge ■ 50 g de beurre ■ 2 cuil. à soupe d'huile ■ 125 g de kumquats ■ 50 g de sucre ■ sel ■ poivre du moulin

*L*a veille, mettez la viande coupée en morceaux dans une jatte avec les oignons émincés, le basilic ciselé, du sel et du poivre, versez le vin rouge, couvrez et laissez mariner au frais jusqu'au lendemain.

Le lendemain, mettez à chauffer le beurre et l'huile dans une cocotte. Égouttez la viande (en gardant la marinade), jetez-la dans la cocotte et faites-la revenir. Salez, poivrez à nouveau. Versez la marinade, puis couvrez et laissez mijoter à feu doux le temps de préparer les fruits.

Lavez les kumquats, coupez-les en deux, mettez-les dans une petite casserole avec le sucre et 10 cl d'eau, et faites-les cuire à découvert pendant 15 minutes. Ajoutez-les alors dans la cocotte avec leur sirop de cuisson et laissez cuire la daube sur feu doux pendant 2 h 30.

Mon conseil

Servez ce plat un peu « exotique » avec de la semoule nature ou aux épices.

Vous pouvez remplacer les épaules d'agneau par des souris d'agneau.

Bœuf bourguignon

Pour 6 à 8 personnes

Préparation 15 min **Cuisson** 3 h

50 g de beurre ■ 3 cuil. à soupe d'huile ■ 2 kg de gîte ou de galinette (viandes gélatineuses) ou de paleron ou de gîte à la noix (viandes sèches) ■ 3 cuil. à soupe de farine ■ 1 bouteille de vin rouge de Bourgogne ■ 1 bouquet garni composé de thym, de persil, de laurier et d'une tige verte de poireau ■ 3 cuil. à soupe de sucre ■ sel ■ poivre du moulin
Pour luter : environ 100 g de farine et 10 cl d'eau

*P*réchauffez le four à 160 °C (th. 5-6). Versez l'huile dans une grande cocotte, faites-y fondre le beurre et jetez-y la viande, préalablement coupée en morceaux. Lorsque ces derniers sont bien dorés de tous côtés, saupoudrez-les de farine et remuez. Versez le vin, salez, poivrez et ajoutez le bouquet garni.

Préparez un caramel avec le sucre et 1 cuillerée à soupe d'eau, et ajoutez-le dans la cocotte pour compenser l'acidité du vin. Fermez la cocotte avec son couvercle, puis faites une boule de pâte avec la farine et l'eau, étirez-la de façon à former un boudin et disposez-la tout autour du couvercle pour luter la cocotte, c'est-à-dire la fermer hermétiquement.

Enfournez et laissez cuire pendant 3 heures. Au terme de la cuisson, retirez le couvercle et le bouquet garni. Servez le bœuf bourguignon dans la cocotte, accompagné d'une bonne purée.

Mon conseil

Vous pouvez faire mariner la viande avec le vin, du sel, du poivre et le bouquet garni pendant 24 heures, au frais et recouverte de film étirable. Il faudra alors bien l'égoutter et l'éponger avant de la faire revenir, puis la saupoudrer de farine et verser la marinade.

Vous pouvez aussi ajouter 1 ou 2 carrés de chocolat noir dans la sauce si elle est trop acide.

Filet de bœuf à la ficelle

Pour 6 à 8 personnes

Préparation 30 min **Cuisson** 45 min

8 carottes ■ 8 petits poireaux ■ 8 petits navets ■ 4 oignons-tiges ■ 2 litres de bouillon de viande corsé (pot-au-feu) ■ 1 bouquet garni ■ 10 grains de poivre noir ■ de 1,5 à 2 kg de filet de bœuf ■ sel marin

Pour la sauce : 4 cuil. à soupe bombées de moutarde à l'ancienne ■ 100 g de beurre ■ 100 g de crème fraîche épaisse ■ sel ■ poivre du moulin

*P*réparez tous les légumes, pelez-les, lavez-les et coupez-les en tronçons. Faites chauffer le bouillon dans un faitout, plongez-y les légumes, le bouquet garni et les grains de poivre (que vous pouvez glisser dans un filtre à thé), puis salez dès la reprise de l'ébullition et laissez frémir pendant 15 minutes.

Ajoutez la viande et poursuivez la cuisson pendant 20 à 25 minutes si vous l'aimez saignante, et pendant 30 minutes pour une cuisson à point.

Mettez les ingrédients de la sauce dans un bol et faites-les chauffer au four à micro-ondes pendant 2 min 30, puis remuez et présentez la sauce à part, dans une saucière. Découpez la viande, entourez-la des légumes et servez aussitôt.

Mon conseil

Demandez au boucher de ficeler le filet en espaçant les tours de ficelle et de laisser dépasser une longue boucle au milieu du filet, dans laquelle vous enfilerez une cuillère en bois que vous poserez en travers du faitout pour que la viande ne touche pas le fond du récipient. Vous pouvez réaliser la même recette avec un poulet fermier ; comptez alors 1 heure de cuisson en tout.

Hachis Parmentier

Pour 6 personnes

Préparation 30 min   **Cuisson** 3 h 50

1 queue de bœuf ▪ 1 poireau ▪ 1 carotte ▪ 4 oignons ▪ 2 clous de girofle ▪ 3 gousses d'ail ▪ 1 tige de céleri ▪ 1 bouquet garni ▪ 2 cuil. à soupe d'huile ▪ 80 g de beurre ▪ 1/2 bouquet de persil plat ▪ 80 g de chapelure ▪ sel ▪ poivre du moulin
Pour la purée : 1,5 kg de pommes de terre (bintje) ▪ 100 g de beurre ▪ 10 cl de crème fleurette

*M*ettez la queue de bœuf dans un faitout, couvrez d'eau froide et portez à ébullition, puis écumez. Épluchez le poireau, coupez-le en quatre dans le sens de la longueur et lavez-le. Pelez la carotte et coupez-la en deux. Pelez un des oignons et piquez-le des clous de girofle. Mettez le poireau, l'oignon, 2 gousses d'ail fendues en deux mais non pelées, la carotte et le céleri dans le faitout avec du sel, du poivre et le bouquet garni, couvrez et laissez cuire à feu doux pendant 3 heures. Vous pouvez réaliser cette étape la veille.

Préparez la purée : pelez les pommes de terre, coupez-les en quatre et faites-les cuire dans de l'eau bouillante salée pendant 25 minutes ; jetez l'eau de cuisson et réduisez les pommes de terre en purée, en ajoutant le beurre, la crème fleurette, du sel et du poivre.

Épluchez les oignons restants, hachez-les et faites-les revenir dans l'huile et 50 g de beurre. Désossez la queue de bœuf, puis hachez grossièrement la viande et ajoutez-la aux oignons avec le persil haché. Salez, poivrez et laissez mijoter pendant 20 minutes sur feu assez vif, en remuant souvent.

Préchauffez le four à 200 °C (th. 6-7). Beurrez un plat à four, frottez-le avec la gousse d'ail restante et mettez la viande revenue dedans. Mouillez avec une petite louche de bouillon de cuisson, recouvrez de purée et saupoudrez de chapelure, puis parsemez de noisettes de beurre détaillées dans les 30 g restants. Passez au four pendant 30 minutes et servez, avec une salade verte bien assaisonnée.

Mon conseil

Vous pouvez aussi utiliser les restes de viande d'un pot-au-feu et suivre la recette à partir du moment où il faut hacher la viande.

Blanquette de veau

Pour 6 à 8 personnes

Préparation 20 min **Cuisson** 2 h

2 kg d'épaule de veau ▪ 2 carottes ▪ 1 branche de céleri ▪ 1 oignon ▪
1 clou de girofle ▪ 1 bouquet garni ▪ 10 grains de poivre ▪ 250 g de
petits champignons de Paris ▪ 100 g de beurre ▪ 1/2 citron ▪
20 oignons grelots ▪ 2 cuil. à soupe de sucre ▪ 3 cuil. à soupe rases de
farine ▪ 20 cl de crème fleurette ▪ 2 jaunes d'œuf ▪ sel

*D*emandez à votre boucher de couper la viande en
gros dés. Pelez les carottes et détaillez-les en tronçons. Coupez aussi la branche de céleri, en en profi-
tant pour retirer les fils. Épluchez l'oignon et
piquez-le du clou de girofle.

Mettez les morceaux de viande dans une
cocotte, couvrez-les largement d'eau froide, portez à
ébullition et salez, puis écumez si nécessaire.
Ajoutez les légumes, le bouquet garni et les grains
de poivre, couvrez et laissez cuire à petits frémissements pendant 1 h 30. Retirez alors la viande de la
cocotte et filtrez le bouillon de cuisson.

Coupez les pieds des champignons et frottez ces
derniers avec un linge humide. Mettez à fondre 10 g
de beurre, puis faites-y revenir les champignons
pendant 5 minutes sans les laisser colorer. Arrosez-
les avec le jus du demi-citron, mouillez avec un

verre d'eau et laissez-les cuire pendant 10 minutes avant de les réserver.

Épluchez les oignons grelots et faites-les dorer à feu doux dans 40 g de beurre. Saupoudrez-les de sucre et faites-les caraméliser un peu, puis ajoutez un verre d'eau, salez, poivrez et laissez cuire pendant environ 15 minutes.

Faites fondre le reste de beurre dans la cocotte, saupoudrez de farine et mouillez petit à petit avec le bouillon de cuisson, en remuant au fouet pour éviter les grumeaux. Rectifiez l'assaisonnement, remettez la viande dans la cocotte et ajoutez les champignons, puis laissez réchauffer à feu doux.

Prélevez une louche de sauce et versez-la dans un bol. Délayez-y la crème et les jaunes d'œuf, reversez l'ensemble dans la cocotte en remuant et faites réchauffer sans laisser bouillir. Servez aussitôt, accompagné de riz blanc ou de macaronis.

Mon conseil

Après avoir écumé, vous pouvez ajouter une gousse de vanille fendue en deux et grattée (pensez à la retirer avant de servir). La vanille se marie très bien avec le veau, et donne une note originale à cette recette.

Paupiettes de veau, polenta crémeuse

Pour 6 personnes

Préparation 30 min **Cuisson** 1 h 10

1 carotte ■ 2 échalotes ■ 1 branche de céleri ■ 90 g de beurre ■ 3 gousses d'ail ■ 1 bouquet de persil plat ■ 250 g de poitrine de veau et 250 g de poitrine de porc (hachées par le boucher) ■ 6 escalopes de veau très fines ■ 4 cuil. à soupe de concentré de tomates ■ 30 cl de vin blanc (de type sauvignon) ■ 250 g de polenta ■ 10 cl de crème fleurette ■ sel ■ poivre du moulin

*P*elez la carotte et les échalotes, retirez les fibres du céleri et coupez tous ces légumes en petits dés. Mettez à chauffer 20 g de beurre dans une cocotte et faites-y revenir les légumes à feu doux, en remuant souvent, pendant 5 minutes.

Pelez les gousses d'ail et hachez-les avec 10 brins de persil, puis mélangez-les aux viandes hachées pour faire la farce. Étalez les escalopes sur le plan de travail et aplatissez-les en les frappant avec un rouleau à pâtisserie. Répartissez la farce au centre des escalopes, rabattez les côtés et ficelez solidement les paupiettes.

Mettez 20 g de beurre dans la cocotte et faites-y revenir les paupiettes sur toutes les faces. Ajoutez le concentré de tomates, salez, poivrez, mouillez avec le vin blanc et faites bouillir pendant 2 minutes, puis couvrez et laissez mijoter pendant 1 heure sur feu très doux.

Dix minutes avant la fin de la cuisson, faites cuire la polenta en suivant les indications portées sur le sachet. Dès qu'elle est cuite, ajoutez-lui le reste de beurre ainsi que la crème, mélangez et servez aussitôt, les paupiettes dans la cocotte et la polenta à part.

Mon conseil

Vous pouvez ajouter quelques pruneaux dans le jus de cuisson des paupiettes, et du parmesan fraîchement râpé dans la polenta.

Vous pouvez aussi servir les paupiettes avec du riz.

Daube de bœuf

Pour 6 personnes

Préparation 15 min la veille **Cuisson** 3 h 20 **Marinade** 24 h

1,2 kg de joue de bœuf ■ 1 gros oignon ■ 1 branche de céleri ■ 1 carotte ■ 6 brins de persil plat ■ 1 feuille de laurier ■ 10 grains de poivre ■ 50 cl de vin rouge corsé (de type madiran) ■ huile d'olive ■ 1 cuil. à soupe bombée de farine ■ 2 aiguillettes d'orange confites ■ sel ■ poivre en grains

*L*a veille, détaillez la viande en gros dés. Pelez l'oignon et émincez-le. Retirez les fils du céleri et coupez-le en tronçons. Épluchez la carotte et coupez-la en cubes. Mettez la viande dans un récipient avec l'oignon, la carotte, le persil, le laurier, du sel et les grains de poivre. Versez le vin rouge et arrosez d'un filet d'huile d'olive, puis couvrez de film alimentaire et laissez mariner au frais pendant 24 heures.

Le jour même, égouttez la viande et les légumes de la marinade dans une passoire posée au-dessus d'un saladier (de façon à garder le jus) et faites-les revenir sur feu vif dans une cocotte avec un filet d'huile d'olive jusqu'à ce que le liquide se soit évaporé, c'est-à-dire pendant environ 20 minutes.

Saupoudrez de farine, ajoutez le jus réservé, puis complétez avec assez d'eau ou de bouillon pour recouvrir complètement la viande. Couvrez la cocotte et laissez mijoter pendant 3 heures, en remuant de temps en temps et en ajoutant un peu d'eau au besoin.

Une heure avant la fin de la cuisson, ajoutez les zestes d'orange coupés en dés. Servez avec des pâtes fraîches ou avec des macaronis.

Vous pouvez ajouter dans la cocotte, 20 minutes avant la fin de la cuisson, 600 g de grains de raisin frais, épépinés si vous en avez la patience.

Bœuf mode

Pour 6 à 8 personnes

Préparation 30 min **Cuisson** 4 h

2 carottes ■ 2 oignons ■ 1 pied de veau ■ 1 couenne ■ 2 cuil. à soupe d'huile ■ 50 g de beurre ■ 2 kg de gîte gîte ou de macreuse ■ 10 cl de cognac ■ 200 g de lard frais coupé en lardons ■ 1 bouquet garni ■ 2 verres (40 cl) de vin blanc sec ■ 1 litre de bouillon ■ 2 bottes de carottes ■ 1 botte d'oignons ■ 1 cuil. à café de sucre ■ sel ■ poivre du moulin

*P*réchauffez le four à 180 °C (th. 6). Épluchez les 2 carottes et pelez les 2 oignons. Blanchissez le pied de veau et la couenne pendant 5 minutes dans de l'eau bouillante. Faites chauffer l'huile et 25 g de beurre dans une cocotte, puis mettez-y la viande à revenir sur toutes ses faces jusqu'à ce qu'elle soit bien dorée. Sortez-la alors de la cocotte, jetez le gras de cuisson et essuyez la cocotte avec un papier absorbant.

Tapissez le fond de la cocotte avec la couenne et posez la viande dessus. Arrosez de cognac, salez, poivrez et ajoutez les lardons ainsi que les légumes, puis le pied de veau, le bouquet garni, le vin et le bouillon. Couvrez la cocotte, enfournez et laissez cuire pendant 1 heure. Réduisez alors la température à 160 °C (th. 5-6) et prolongez la cuisson de 2 heures.

Pelez les carottes et coupez-les en rondelles. Épluchez les oignons et faites-les dorer dans une poêle avec le reste de beurre, en les saupoudrant de sucre à la fin pour les caraméliser un peu. Sortez la cocotte du four. Retirez la viande et le pied de veau, puis filtrez le jus de cuisson à l'aide d'un chinois. Désossez le pied et coupez-le en petits dés. Remettez la viande et les dés de pied de veau dans la cocotte, ajoutez les carottes et les oignons autour, reversez le jus par-dessus et poursuivez la cuisson dans le four pendant 1 heure. Servez directement dans la cocotte, après avoir découpé la viande.

Mon conseil

Pour un délicieux plat d'été, coupez la viande en tranches, intercalez légumes, dés de pied de veau et tranches de viande dans un saladier, parsemez de feuilles de persil plat, versez le jus de cuisson, couvrez de film alimentaire et laissez prendre au frais pendant une nuit. Servez démoulé sur le plat de service, après avoir plongé le fond du saladier dans de l'eau tiède.

Filet mignon de veau aux clémentines

Pour 6 personnes

Préparation 15 min **Cuisson** 40 min

2 filets mignons (ou 1 gros) ▪ 50 g de beurre ▪ 4 échalotes ▪ 20 cl de vin blanc sec ▪ 1 kg de clémentines ▪ 1 cuil. à soupe de sucre roux ▪ 2 tranches de pain d'épice ▪ 1/4 de bouquet de cerfeuil ▪ sel ▪ poivre du moulin

*F*aites revenir les filets mignons sur toutes leurs faces dans 25 g de beurre. Pelez les échalotes et émincez-les. Ajoutez-les autour de la viande et faites-les dorer un peu, puis versez le vin blanc, salez, poivrez, couvrez et laissez mijoter pendant 30 minutes.

Pelez les clémentines en glissant la lame d'un petit couteau-scie entre la peau et la chair. Coupez les fruits en deux dans le sens de l'épaisseur, faites-les revenir dans le reste de beurre, saupoudrez-les de sucre et laissez-les un peu caraméliser.

Enlevez la croûte du pain d'épice et mixez finement ce dernier à l'aide d'une petite Moulinette, puis ajoutez-le dans la cocotte avec les clémentines et un peu d'eau. Poursuivez la cuisson pendant encore 10 minutes, parsemez de cerfeuil ciselé et servez.

Mon conseil Vous pouvez accompagner ce plat de riz blanc ou d'une purée (voir p. 175).

Gigot d'agneau à l'ail

Pour 8 personnes

Préparation 10 min **Cuisson** 50 min

2 têtes d'ail ▪ 1 beau gigot d'agneau ▪ 50 g de beurre mou ▪ 2 cuil. à soupe d'huile d'olive ▪ fleur de sel ▪ poivre du moulin

*A*llumez le four à 240 °C (th. 8). Retirez les premières couches de pelures des têtes d'ail et faites blanchir ces dernières entières dans une casserole d'eau bouillante.

Mettez le gigot dans un plat assez grand pour le contenir entier, enduisez-le de beurre mou, salez-le, poivrez-le et arrosez-le avec l'huile d'olive.

Versez 20 cl d'eau dans le plat, ajoutez les têtes d'ail et faites cuire pendant 50 minutes dans le four, en veillant à arroser souvent le gigot pendant la cuisson.

Laissez reposer la viande dans le four éteint pendant 10 minutes avant de la découper. Servez les tranches de gigot avec les gousses d'ail et une bonne purée, ou des flageolets.

Mon conseil

Comptez 12 minutes par livre de viande pour une cuisson saignante, et 15 minutes pour une cuisson à point. Vous pouvez piquer le gigot de gousses d'ail pelées crues, qui donneront un bon goût à la viande, ou blanchies pendant 5 minutes dans de l'eau bouillante ; elles auront alors moins de goût mais seront plus agréables à manger. Faites des incisions dans la viande et émincez les gousses d'ail avant de les y enfoncer. Vous pouvez aussi ajouter une brindille de romarin avec chaque gousse d'ail.

Noisettes de chevreuil et poires lardées au vin

Pour 6 personnes

Préparation 30 min **Cuisson** 1 h 30 **Macération** 2 h

12 noisettes de chevreuil ▪ 18 fines tranches de poitrine (fumée ou non) ▪ 1 bouteille de côtes-du-rhône rouge ▪ 6 poires ▪ 80 g de sucre ▪ 1 étoile de badiane ▪ 1 bâton de cannelle ▪ 4 grains de piment de la Jamaïque ▪ 50 g de beurre ▪ 20 cl de crème fleurette ▪ 4 cuil. à soupe de crème de cassis de Dijon ▪ 1 carré de chocolat noir ▪ 110 g de beurre ▪ sel ▪ poivre du moulin

*D*emandez à votre boucher d'entourer chaque noisette de chevreuil d'une tranche de lard. Versez le vin dans une casserole pouvant contenir les poires, ajoutez le sucre, la badiane, la cannelle et le piment, portez à ébullition et laissez frémir pendant que vous préparez les poires.

Pelez ces dernières en les laissant entières avec la queue ; retirez-leur le cœur et les pépins par le dessous, et égalisez la base de chacune d'elles pour qu'elles tiennent debout. Faites-les pocher pendant 15 minutes à petits frémissements, puis retirez la casserole du feu et laissez macérer les poires dans le vin pendant 2 heures (elles doivent être totalement immergées).

Égouttez les poires et faites réduire le vin des trois quarts sur feu vif. Préchauffez le four à 210 °C (th. 7). Posez les poires debout dans un plat allant au four, entourez-les avec les tranches de lard restantes et arrosez-les avec quelques cuillerées de vin réduit, puis déposez une noisette de beurre sur chacune, salez et poivrez. Enfournez et laissez cuire pendant 20 minutes.

Faites chauffer dans la casserole le vin réduit et la crème fleurette. Laissez frémir pendant 5 minutes, puis ajoutez la crème de cassis, le chocolat, du sel, du poivre et 80 g de beurre, détaillé en parcelles, en remuant avec le fouet à main. Réservez cette sauce sur feu très doux.

Saisissez les noisettes de chevreuil des deux côtés sur feu vif, dans le reste de beurre, pendant quelques minutes. Dès que la cuisson désirée est atteinte, disposez dans chacune des assiettes de service deux noisettes de chevreuil et une poire debout, entourez le tout d'un cordon de sauce et servez aussitôt.

Mon conseil

Réservez ce plat pour un dîner de Noël, par exemple, et accompagnez-le d'un gratin de céleri-rave que vous préparerez en suivant la recette du gratin dauphinois (voir p. 172).

Épaule d'agneau confite aux épices

Pour 6 personnes

Préparation 15 min **Cuisson** 3 h

1 belle épaule d'agneau ▪ 8 cuil. à soupe d'huile d'olive ▪ 4 oignons-tiges ou 4 échalotes ▪ 1 noix de gingembre ▪ 2 gousses d'ail ▪ 1 petit morceau de piment rouge ▪ 1 pincée de cannelle ▪ 1 pointe de couteau de noix de muscade ▪ 1 dose de safran ▪ 1/2 bouquet de cerfeuil ▪ 1/2 bouquet de coriandre ▪ 1 citron vert ▪ sel ▪ poivre du moulin

*F*aites revenir l'épaule avec 4 cuillerées à soupe d'huile d'olive dans une grande cocotte. Épluchez les oignons ou les échalotes, le gingembre et l'ail. Émincez les oignons ou les échalotes, râpez le gingembre et écrasez les gousses d'ail avec le plat d'un couteau.

Lorsque l'épaule est parfaitement dorée, retirez-la de la cocotte et jetez le gras de cuisson. Versez 4 cuillerées à soupe d'huile d'olive dans la cocotte essuyée et faites-y revenir les oignons ou les échalotes, le gingembre et l'ail.

Remettez la viande dans la cocotte, ajoutez le piment, les épices, la coriandre et le cerfeuil ciselés, du sel, du poivre, 20 cl d'eau et le jus du citron vert.

Couvrez et laissez mijoter sur feu très doux pendant 3 heures, en retournant la viande à mi-cuisson. Servez l'épaule d'agneau dans la cocotte, accompagnée de semoule aux épices.

Mon conseil

Vous pouvez faire mariner l'épaule pendant 2 ou 3 jours. Dans ce cas, préparez tous les ingrédients comme dans la recette, mettez l'épaule dans un plat, badigeonnez-la d'huile d'olive, répartissez dessus oignons, gingembre, ail, piment, épices, sel, poivre et jus de citron, et parsemez le tout avec les herbes ; couvrez d'un film alimentaire et mettez au frais. Retournez l'épaule à mi-temps et récupérez la marinade pour l'étaler sur la face retournée. Retirez la marinade pour faire revenir l'épaule, puis ajoutez-la dans la cocotte quand l'épaule est dorée et versez l'eau ensuite.

Lapin aux câpres et aux échalotes confites

Pour 4 à 6 personnes

Préparation 30 min **Cuisson** 15 min **Marinade** 24 h

1 lapin de 1,5 kg désossé par le volailler ▪ 1 orange non traitée ▪ 5 feuilles de sauge ▪ 6 cuil. à soupe d'huile d'olive ▪ fleur de sel ▪ poivre du moulin

Pour la sauce : 6 échalotes ▪ 4 cuil. à soupe d'huile d'olive ▪ 40 g de beurre ▪ 2 cuil. à soupe de câpres au vinaigre ▪ vinaigre de xérès

*D*étaillez la chair du lapin en dés d'environ 2 cm de côté. Mettez-les dans une jatte avec le zeste râpé et le jus de l'orange, la sauge ciselée, l'huile d'olive, du sel et du poivre. Couvrez de film alimentaire et laissez mariner pendant 24 heures.

Le lendemain, pelez les échalotes, émincez-les finement et faites-les revenir dans l'huile d'olive et le beurre pendant 10 à 15 minutes, puis ajoutez les câpres et un trait de vinaigre de xérès. Faites revenir les morceaux de lapin avec leur marinade dans une autre poêle sur feu vif pendant 10 à 15 minutes (ils doivent rester légèrement rosés à l'intérieur). Servez avec des pâtes fraîches ou de la polenta.

Mon conseil

Commandez votre viande à l'avance, car désosser un lapin prend du temps et demande de l'expérience.

Poulet rôti moutardé

Pour 6 personnes

Préparation 5 min **Cuisson** 1 h 30

1 beau poulet fermier ▪ 1/2 citron ▪ 1 bouquet de thym ▪ 1/2 tête d'ail
▪ 2 cuil. à soupe de moutarde forte ▪ 2 noix de beurre ▪ sel ▪ poivre
du moulin

*P*réchauffez le four à 210 °C (th. 7). Frottez toute la surface du poulet avec le demi-citron, puis mettez-le à l'intérieur de la volaille en le pressant pour exprimer son jus. Ajoutez le thym et la tête d'ail, coupée en deux dans le sens de la largeur (vous pouvez aussi prélever les gousses d'ail, les fendre en deux et les mettre une à une dans l'animal). Massez le poulet entier avec les mains pour bien étaler la moutarde, salez et poivrez. Mettez-le dans un plat allant au four, parsemez-le de noisettes de beurre et ajoutez 10 cl d'eau ou de bouillon, puis enfournez et laissez cuire pendant 30 minutes. Baissez alors la température à 180 °C (th. 6) et poursuivez la cuisson pendant 1 heure.

Mon conseil

Vous pouvez, 30 minutes avant la fin de la cuisson, retourner le poulet : posez-le 15 minutes sur un des blancs, puis 15 minutes sur l'autre (cette opération vous permettra d'avoir des blancs très moelleux).

Vous pouvez aussi cuire le poulet à la broche ; veillez dans ce cas à l'arroser souvent.

Pintade aux pommes

Pour 6 personnes

Préparation 20 min **Cuisson** 1 h 30

50 g de beurre ■ 2 cuil. à soupe d'huile ■ 1 pintade fermière coupée en morceaux ■ 2 oignons ■ 2 tranches de lard fumé ■ 1 bouquet garni ■ 6 pommes (reine des reinettes ou boskoop) ■ 1 tablette de bouillon de volaille ■ sel ■ poivre du moulin

*M*ettez à chauffer l'huile et 25 g du beurre dans une cocotte. Faites-y dorer les morceaux de pintade sur toutes les faces, puis prélevez-les à l'aide d'une écumoire, égouttez-les et réservez-les. Jetez la graisse et essuyez la cocotte.

Pelez et émincez les oignons. Coupez le lard en morceaux. Remettez la cocotte sur le feu avec le reste de beurre et faites-y rissoler les oignons et le lard. Ajoutez les morceaux de pintade et le bouquet garni, mélangez et laissez mijoter à feu doux pendant 15 minutes.

Pendant ce temps, coupez les pommes en quatre et retirez-leur la peau, le cœur et les pépins. Ajoutez les quartiers de pomme dans la cocotte avec du sel, du poivre, puis arrosez le tout du bouillon de volaille délayé dans 15 cl d'eau bouillante. Couvrez et laissez cuire pendant 45 minutes à 1 heure, en remuant de temps en temps. Servez bien chaud, directement dans la cocotte.

Mon conseil

Vous pouvez remplacer les pommes par un chou frisé. Pour préparer ce dernier, détachez les feuilles, faites-les blanchir pendant quelques minutes dans de l'eau bouillante, égouttez-les et coupez-les en lanières.

Canard au miel

Pour 6 personnes

Préparation 20 min **Cuisson** 30 min **Repos** 10 min

1 canard de Challans de 2 kg coupé en morceaux ■ 3 cuil. à soupe d'huile ■ 30 g de beurre ■ 3 échalotes et 2 gousses d'ail pelées et hachées ■ 4 cuil. à soupe de miel ■ 20 cl de bouillon de volaille ■ 1 éclat de bâton de cannelle ■ 1 éclat d'étoile de badiane ■ quelques grains de poivre du Sichuan ■ sel ■ poivre du moulin

Préchauffez le four à 210 °C (th. 7). Versez l'huile dans une grande cocotte allant au four et faites-y revenir les morceaux de canard de tous les côtés. Prélevez-les à l'aide d'une écumoire et réservez-les. Jetez le gras de cuisson et essuyez la cocotte, puis mettez le beurre à fondre et faites-y blondir les échalotes et l'ail hachés.

Remettez le canard dans la cocotte, ajoutez le miel, le bouillon et les épices, salez et poivrez. Couvrez la cocotte, enfournez et laissez cuire pendant 15 minutes, puis baissez la température du four à 180 °C (th. 6) et prolongez la cuisson de 15 minutes encore.

Sortez les morceaux de canard de la cocotte et réservez-les au chaud, recouverts de papier d'aluminium, dans le four éteint. Mettez la cocotte sur le feu et faites réduire la sauce ; si elle a trop réduit au cours de la cuisson, versez un verre d'eau, grattez le fond et chauffez jusqu'à bonne consistance. Servez le canard nappé de sauce.

Mon conseil

Les épices étant assez fortes en saveurs, surtout le poivre du Sichuan et la badiane, à vous de doser selon vos goûts. Servez ce canard avec des pommes-fruits coupées en quartiers et cuites dans une poêle avec du beurre, du sel, du poivre et une pincée de sucre, ajoutée à la fin pour les caraméliser.

Poule au pot

Pour 6 personnes

Préparation 20 min **Cuisson** 1 h 15

1 poule ▪ 1 oignon ▪ 1 clou de girofle ▪ 1 bouquet garni ▪ 12 carottes nouvelles ▪ 12 petits poireaux ▪ 12 navets-fanes ▪ sel ▪ poivre en grains

Pour la sauce : 50 g de beurre ▪ 3 cuil. à soupe de farine ▪ 50 cl de bouillon de cuisson de la poule ▪ 3 jaunes d'œuf ▪ 3 cuil. à soupe de crème fraîche épaisse ▪ 1/2 citron ▪ sel ▪ poivre blanc du moulin

$\mathscr{M}$ettez la poule dans un faitout avec l'oignon, préalablement pelé et piqué du clou de girofle, une dizaine de grains de poivre, du sel et le bouquet garni. Couvrez d'eau froide, portez à ébullition et laissez frémir pendant 30 minutes. Pendant ce temps, épluchez tous les légumes. Ajoutez-les dans le faitout au bout des 30 minutes de cuisson et laissez frémir pendant encore 30 à 45 minutes.

Préparez la sauce quelques minutes avant la fin de la cuisson de la poule. Faites fondre le beurre dans une casserole, saupoudrez de farine et versez le bouillon de cuisson petit à petit, en remuant sans cesse avec le fouet pour éviter les grumeaux. Salez et poivrez. Ajoutez les jaunes d'œuf et la crème au dernier moment, faites chauffer à feu doux sans laisser bouillir, puis ajoutez le jus du demi-citron. Servez la poule aussitôt, nappée de sauce et accompagnée des légumes et de riz blanc.

Mon conseil
Le temps de cuisson dépend en fait de l'âge de la poule et de son poids : s'il s'agit d'une jeune poule, la cuisson sera assez rapide ; à l'inverse, une poule plus âgée, et donc plus grosse, demandera une cuisson plus longue. Vous pouvez aussi prendre un bon poulet, et ajouter dans la sauce un peu d'estragon ou de cerfeuil haché.

Faisan en cocotte

Pour 4 personnes

Préparation 10 min **Cuisson** 2 h
250 g de lard demi-sel ▪ 2 cuil. à soupe d'huile ▪ 25 g de beurre ▪
2 oignons ▪ 1 beau faisan ▪ 3 cl de cognac ▪ 2 pincées de cumin
▪ 1 feuille de laurier ▪ 2 brins de thym ▪ sel ▪ poivre du moulin

*C*oupez le lard en lardons. Mettez à chauffer l'huile et le beurre dans une cocotte, jetez-y les lardons et faites-les revenir sur feu moyen jusqu'à ce qu'ils prennent couleur. Pelez les oignons, émincez-les et ajoutez-les dans la cocotte.

Lorsque les lardons et les oignons sont bien dorés, retirez-les à l'aide d'une écumoire et faites revenir à leur place le faisan ; comptez environ 30 minutes de cuisson pour que le volatile soit parfaitement saisi de tous les côtés.

Versez le cognac sur le faisan et flambez, puis remettez les lardons et les oignons dans la cocotte, salez, poivrez et ajoutez le cumin, le laurier, le thym et 20 cl d'eau. Couvrez et laissez cuire sur feu très doux pendant 1 h 30.

Découpez le faisan, disposez les morceaux sur le plat de service, entourez-les d'endives caramélisées ou de petites pommes de terre que vous aurez fait cuire dans la cocotte pendant environ 1 heure, et servez aussitôt.

 Mon conseil

Vous pouvez préparer de la même façon les pigeons et les perdrix.

Poularde aux morilles

Pour 6 personnes

Préparation 20 min **Cuisson** 1 h 45 **Trempage** 1 h
50 g de morilles séchées ▪ 50 g de beurre ▪ 1 poularde fermière ▪ 4 échalotes ▪ 1 bouquet garni ▪ 40 cl de vin blanc (bourgogne) ▪ 20 cl de bouillon de volaille ▪ 1 cuil. à soupe de sucre ▪ 250 g de crème fraîche épaisse ▪ sel ▪ poivre du moulin

Faites tremper les morilles pendant 1 heure dans de l'eau chaude, puis rincez-les soigneusement de façon à retirer tout le sable. Placez le beurre dans une cocotte, faites-le fondre et mettez-y à revenir la poularde sur toutes ses faces.

154

Sortez la volaille de la cocotte, mettez les échalotes pelées et émincées à la place et laissez-les blondir sur feu doux. Remettez la poularde dans la cocotte et ajoutez les morilles, le bouquet garni, le vin blanc, le bouillon, le sucre, du sel et du poivre. Couvrez et laissez mijoter à feu doux pendant 1 h 30.

Sortez la poularde et faites réduire le jus de cuisson de moitié, puis ajoutez la crème, mélangez et laissez bouillir cette sauce pendant 5 minutes environ, jusqu'à ce qu'elle soit onctueuse. Découpez la poularde, mettez les morceaux dans la cocotte et faites réchauffer pendant quelques minutes sur feu doux avant de servir.

Mon conseil

Vous pouvez accompagner ce plat de riz blanc ou d'une purée.
Vous pouvez aussi utiliser des morilles fraîches ; dans ce cas, comptez-en environ 150 g.

Cailles farcies aux raisins

Pour 6 personnes

Préparation 20 min **Cuisson** 35 min

2 tranches de pain de campagne ■ 15 cl de lait ■ 50 g de beurre ■ 250 g de foies de volaille ■ 1 cuil. à soupe de vinaigre de xérès ■ 60 g de raisins secs ■ 6 brins de coriandre fraîche ■ 1 gousse d'ail ■ 2 cuil. à soupe de miel liquide ■ 1 cuil. à soupe de graines de coriandre ■ 6 cailles prêtes à cuire ■ sel ■ poivre du moulin

*H*achez grossièrement le pain, mettez-le dans un bol, arrosez-le de lait et laissez-le gonfler. Faites chauffer la moitié du beurre dans une poêle, jetez-y les foies de volaille et faites-les revenir sur feu vif pendant environ 2 minutes. Ajoutez le vinaigre, salez et poivrez. Versez le contenu de la poêle dans un saladier et écrasez les foies à la fourchette.

Préchauffez le four à 180 °C (th. 6). Égouttez le pain et mélangez-le aux foies écrasés, puis ajoutez les raisins secs, la coriandre fraîche ciselée et l'ail, préalablement pelé et écrasé. Mélangez le miel avec les graines de coriandre.

Salez et poivrez l'intérieur des cailles, puis farcissez-les avec la préparation aux foies de volaille. Ficelez-les, mettez-les dans un plat avec 20 cl d'eau, badigeonnez-les du mélange de miel et de coriandre, salez, poivrez et parsemez du reste de beurre. Enfournez et laissez cuire pendant 30 minutes, en arrosant régulièrement avec le jus de cuisson.

Mon conseil

Vous pouvez servir les cailles avec des raisins frais, que vous ajouterez dans le plat 15 minutes avant la fin de la cuisson, ou bien avec du riz sauvage.

Petits pois et cœurs de laitue en cocotte

Pour 6 personnes

Préparation 20 min   **Cuisson** 30 min

3 kg de petits pois ■ 2 cœurs de laitue ■ 1 botte d'oignons frais ■ 50 g de beurre ■ 1 morceau de sucre ■ sel ■ poivre du moulin

*É*cossez les petits pois. Lavez les cœurs de laitue et entourez-les d'une ficelle de cuisine. Épluchez les oignons en leur laissant un peu de tige.

Faites fondre le beurre dans une cocotte, jetez-y les cœurs de laitue avec les oignons frais, et faites-les revenir pendant quelques minutes. Ajoutez alors les petits pois, le morceau de sucre, du sel, du poivre, 10 cl d'eau, couvrez et laissez mijoter pendant 30 minutes environ.

Mon conseil

Si vous avez la chance d'avoir des légumes du potager, l'eau est presque inutile.
Servez ces légumes avec une viande blanche.

Salsifis au cerfeuil

Pour 6 personnes

Préparation 15 min **Cuisson** 1 h

1 cuil. à soupe de farine ▪ 4 cuil. à soupe de vinaigre de vin blanc ▪ 1 botte de salsifis ▪ 50 g de beurre ▪ 4 brins de cerfeuil ▪ sel ▪ poivre du moulin

Mettez la farine, le vinaigre et de l'eau froide dans un faitout, et portez à ébullition. Pendant ce temps, épluchez les salsifis avec un épluche-légumes à lame pivotante, qui supporte les grosses épluchures. Rincez les salsifis et faites-les cuire dans le faitout pendant 50 minutes à 1 heure, puis vérifiez la cuisson avec la pointe d'un couteau (elle doit s'enfoncer aisément dans les légumes). Égouttez les salsifis, faites-les revenir dans le beurre et parsemez-les de cerfeuil ciselé avant de servir.

Mon conseil Ce légume ancien accompagne parfaitement bien toutes les viandes blanches.

Navets nouveaux caramélisés

Pour 6 personnes

Préparation 15 min **Cuisson** 25 min

2 bottes de navets nouveaux ■ 40 g de beurre ■ 2 cuil. à soupe de sucre ■ sel ■ poivre du moulin

*R*etirez les fanes des navets en laissant un peu de vert, et ôtez-leur la queue. Brossez-les sous l'eau froide avec une éponge grattante (cela évite de les peler), coupez-les en quatre ou en rondelles et faites-les revenir dans le beurre, préalablement mis à fondre dans une sauteuse.

Saupoudrez les navets de sucre et faites-les légèrement caraméliser, puis ajoutez de l'eau à hauteur et laissez frémir jusqu'à ce qu'ils soient tendres (vérifiez avec la pointe d'un couteau) ; si les navets ne sont pas tout à fait cuits alors que l'eau est déjà complètement évaporée, n'hésitez pas à en ajouter un peu. Salez et poivrez à la fin.

Mon conseil

Vous pouvez aussi faire une purée de navets : cuisez 4 pommes de terre et 4 gros navets épluchés et coupés en quatre dans de l'eau bouillante salée pendant 25 minutes ; réduisez les légumes en purée, puis ajoutez 80 g de beurre et 2 cuillerées à soupe de crème fraîche.

Endives braisées

Pour 6 personnes

Préparation 5 min **Cuisson** 30 min

10 endives ■ 50 g de beurre ■ 2 cuil. à soupe de sucre ■ sel ■ poivre blanc du moulin

*C*oupez le trognon et la pointe des feuilles, puis détaillez les endives en rondelles et faites-les revenir dans le beurre dans une large sauteuse, en remuant régulièrement. Dès qu'elles ont un peu fondu, saupoudrez-les de sucre et faites-les caraméliser. Mouillez à hauteur des endives avec de l'eau froide, portez à ébullition et laissez frémir à découvert jusqu'à ce que l'eau soit complètement évaporée.

Mon conseil

Vous pouvez, pour changer, couper les endives en deux dans le sens de la hauteur et recouper chaque moitié en suivant les feuilles dans leur longueur.

Fricassée de jeunes légumes

Pour 4 à 6 personnes

Préparation 25 min **Cuisson** 20 min

1 kg de petits pois ▪ 250 g de pois gourmands ▪ 500 g de toutes petites pommes de terre nouvelles ▪ 1 botte d'oignons-fanes ▪ 1 botte de navets ▪ 2 cuil. à soupe d'huile d'olive ▪ 4 brins de cerfeuil ou de coriandre ▪ fleur de sel ▪ poivre du moulin

Écossez les petits pois. Lavez et égouttez les pois gourmands. Brossez les pommes de terre sous l'eau froide. Épluchez les oignons et les navets. Coupez les navets en dés, les pois gourmands en deux et les oignons en quatre, puis mettez tous les légumes dans une sauteuse avec 40 cl d'eau, couvrez à demi et faites cuire sur feu moyen pendant 20 minutes environ. Ajoutez un peu d'eau au cours de la cuisson si nécessaire. Salez et poivrez à la fin. Lorsque toute l'eau des légumes s'est évaporée, ajoutez l'huile d'olive et des pluches de cerfeuil ou de coriandre, et servez aussitôt.

Mon conseil On peut verser un mince filet de vinaigre balsamique sur les légumes juste avant de les servir.

Petites pommes de terre rissolées

Pour 6 à 8 personnes

Préparation 5 min **Cuisson** 1 h

2 kg de toutes petites pommes de terre ■ 8 cuil. à soupe d'huile ■ 40 g de beurre ■ 8 gousses d'ail assez grosses ■ 4 feuilles de laurier

*L*avez les pommes de terre en les brossant sous l'eau froide et essuyez-les. Faites chauffer l'huile et le beurre dans une large sauteuse. Mettez-y les pommes de terre, couvrez, portez sur feu vif et laissez cuire pendant 15 minutes environ, en secouant la sauteuse régulièrement (attention aux projections d'huile brûlante lorsque vous soulevez le couvercle).

Au bout de ce temps, ajoutez l'ail sans le peler et le laurier. Couvrez, réduisez le feu de moitié et poursuivez la cuisson pendant 40 à 45 minutes, en remuant de temps en temps. Transférez les pommes de terre dans un plat de cuisson préchauffé ou, si vous les servez dans la sauteuse, égouttez l'huile.

Mon conseil

Pour cette recette, utilisez des pommes de terre ratte ou bonnotte de Noirmoutier.

Tomates farcies et riz au bouillon

Pour 6 personnes

Préparation 30 min   **Cuisson** 4 h

1,3 kg de jarret de bœuf ▪ 2 carottes ▪ 1 branche de céleri ▪ 1 oignon
▪ 2 clous de girofle ▪ 3 grains de piment de la Jamaïque ▪ gros sel ▪
10 grains de poivre ▪ 1 bouquet garni ▪ 2 feuilles de laurier ▪
12 tomates moyennes ▪ 4 oignons blancs ▪ 1 bouquet de persil frisé
▪ 250 g de riz ▪ quelques brins de thym ▪ sel ▪ poivre du moulin

*M*ettez la viande dans un grand faitout, couvrez d'eau
froide et portez à ébullition. Pendant ce temps, épluchez les carottes, lavez le céleri, épluchez l'oignon
et piquez-le avec les clous de girofle. Écumez dès
que l'eau bout, puis jetez dans le faitout les légumes,
le piment, du gros sel, les grains de poivre, le bouquet
garni et le laurier. Couvrez, réduisez le feu et laissez
frémir pendant 3 heures.

Une heure avant la fin de la cuisson de la viande,
lavez les tomates, coupez le haut de chacune d'elles
de façon à faire un chapeau, puis évidez la chair à
l'aide d'une petite cuillère (en veillant à ne pas per-
cer la peau) et salez l'intérieur. Retournez les tomates sur du papier absorbant et laissez-les dégorger
pendant 1 heure.

Préchauffez le four à 180 °C (th. 6). Pelez les oignons et coupez-les en deux. Dès que la viande est cuite, sortez-la avec une écumoire et, en faisant attention à ne pas vous brûler, coupez-la en morceaux. Mettez ceux-ci dans le bol d'un robot avec les oignons, le persil effeuillé et du poivre, puis hachez l'ensemble et remplissez-en les tomates.

Étalez le riz dans le plat de cuisson, posez les tomates dessus, parsemez de thym, placez le petit chapeau sur chaque tomate et versez environ 10 louches de bouillon de cuisson sur le riz. Mettez le plat dans le four et faites cuire pendant 45 minutes à 1 heure, en ajoutant un peu de bouillon si le riz l'absorbe trop vite.

Mon conseil

Vous pouvez faire revenir les oignons émincés dans du beurre avant de les mélanger à la viande. N'hésitez pas à utiliser un reste de viande de pot-au-feu pour faire vos tomates farcies.

Carottes sautées à la crème

Pour 6 personnes

Préparation 20 min   **Cuisson** 20 min

2 bottes de carottes nouvelles ■ 3 gousses d'ail ■ 2 cuil. à soupe d'huile d'olive ■ 2 baies de genièvre ■ 1 brin de thym ■ 10 cl de crème fleurette ■ fleur de sel ■ poivres mélangés du moulin

*P*elez les carottes et coupez-les en rondelles. Pelez les gousses d'ail et émincez-les. Mettez à chauffer l'huile d'olive dans une sauteuse et faites-y revenir les carottes et l'ail pendant 5 minutes sur feu vif, en remuant sans cesse. Versez de l'eau froide à la hauteur des carottes, ajoutez les baies de genièvre, du sel, du poivre et le thym, couvrez à moitié et faites cuire sur feu moyen pendant 15 minutes environ. Ajoutez un peu d'eau au cours de la cuisson si besoin est. Au dernier moment, ajoutez la crème et laissez réduire à découvert jusqu'à ce qu'elle soit évaporée.

Mon conseil

Les carottes nouvelles cuisent plus vite et sont plus fondantes, mais vous pouvez bien sûr faire cette recette avec des carottes de garde.

Ratatouille confite

Pour 6 à 8 personnes

Préparation 30 min **Cuisson** 1 h

6 oignons frais ▪ 3 poivrons ▪ 3 aubergines ▪ 4 courgettes ▪ 4 gousses d'ail ▪ 6 tomates ▪ 3 brins de thym, de basilic et de menthe ▪ huile d'olive ▪ sel ▪ poivre du moulin

*P*elez les oignons, émincez-les et faites-les revenir dans une large cocotte dans de l'huile d'olive. Lavez les poivrons, essuyez-les et coupez-les en quatre. Retirez le pédoncule, les parties blanches et les graines, et débitez la chair en dés. Mettez ces derniers dans la cocotte avec les oignons et ajoutez un peu d'huile d'olive.

Lavez les aubergines, épongez-les et retirez le pédoncule, puis découpez-les en bandes et détaillez les bandes en petits dés. Faites-les cuire après les poivrons, en ajoutant de l'huile car elles en absorbent beaucoup.

Passez les courgettes sous l'eau froide, essuyez-les, retirez leurs extrémités, fendez-les en quatre dans le sens de la hauteur et coupez-les en rondelles. Mettez-les dans la cocotte et remuez pour bien mélanger tous les légumes.

Pelez les gousses d'ail et hachez-les. Coupez les tomates en dés, ajoutez-les aux autres légumes ainsi que l'ail, le thym et les herbes ciselées, salez, poivrez et couvrez, puis laissez mijoter pendant 1 heure, en remuant de temps en temps. Servez tiède ou chaud.

Mon conseil

Si vous n'aimez pas la peau des tomates, plongez-les durant quelques secondes dans de l'eau bouillante et pelez-les avant de les couper en dés.

Petits choux farcis

Pour 6 personnes

Préparation 20 min   **Cuisson** 1 h 10

3 oignons ■ 4 gousses d'ail ■ 4 cuil. à soupe d'huile d'olive ■ 1 chou frisé ■ 400 g de viande d'agneau cuite (des restes d'épaule ou de gigot) ■ 400 g de viande blanche cuite (des restes de lapin, de veau ou de poulet) ■ 6 tranches de jambon de Parme ■ 1/2 bouquet de cerfeuil ou de coriandre ■ 2 œufs ■ 6 feuilles de laurier ■ sel ■ poivre du moulin

*P*elez les oignons et l'ail, émincez-les et faites-les revenir dans l'huile d'olive sur feu doux. Coupez le trognon du chou et retirez les premières feuilles, puis séparez les autres feuilles. Faites-les blanchir deux par deux dans de l'eau bouillante salée, égouttez-les, plongez-les aussitôt dans une bassine d'eau froide pour arrêter la cuisson et posez-les au fur et à mesure sur du papier absorbant pour les éponger.

Dans le bol d'un mixeur, mettez les viandes et le jambon coupés en gros dés, le cerfeuil ou la coriandre, les oignons et l'ail revenus, du sel, du poivre et les œufs entiers, puis mixez à grande vitesse jusqu'à ce que vous obteniez une farce assez fine. Préchauffez le four à 180 °C (th. 6).

Formez une boulette de farce dans la main, entourez-la d'une petite feuille de chou, puis étalez 1 cuillerée à soupe de farce sur une deuxième feuille, posez la première dedans et façonnez-la en boule, et ainsi de suite avec quatre feuilles. Vous obtenez des choux farcis individuels, que vous maintiendrez roulés serrés à l'aide de ficelle de cuisine.

Posez chacun des choux sur une feuille de laurier dans un plat allant au four, arrosez d'un filet d'huile d'olive, salez et poivrez. Enfournez et laissez cuire 1 heure ; à mi-cuisson, versez un petit verre d'eau ou de bouillon dans le plat et arrosez les choux.

Mon conseil

Vous pouvez aussi farcir le chou entier : il faut alors retirer le trognon par en dessous, faire blanchir le chou pendant 30 à 40 minutes dans de l'eau bouillante avec du bicarbonate, l'égoutter et le poser à plat, puis écarter toutes les feuilles pour disposer des cuillerées à soupe de farce entre les feuilles, en commençant par le cœur ; il faut ensuite rabattre toutes les feuilles pour redonner au chou sa forme initiale, le ficeler et le faire cuire dans le four en l'arrosant souvent pendant 1 h 30.

Gratin dauphinois

Pour 6 à 8 personnes

Préparation 20 min   **Cuisson** 1 h

1 gousse d'ail ▪ 30 g de beurre ▪ 1,5 kg de pommes de terre à chair ferme ▪ 50 cl de crème fleurette ▪ noix de muscade ▪ sel ▪ poivre du moulin

*A*llumez le four à 210 °C (th. 7). Pelez la gousse d'ail, coupez-la en deux et frottez-en un plat à gratin sur toute la surface. Beurrez le plat, puis émincez l'ail et répartissez-le sur le fond. Pelez les pommes de terre, essuyez-les avec un torchon propre et coupez-les en lamelles fines, soit avec la râpe à concombre (du robot ou à main), soit avec un petit couteau. Mettez une couche de pommes de terre dans le fond du plat, salez, poivrez, parsemez de noix de muscade râpée et étalez par-dessus une couche de crème ; répétez cette opération jusqu'à épuisement des ingrédients, en terminant par une couche de crème que vous salerez, poivrerez et saupoudrerez de noix de muscade. Enfournez et laissez cuire pendant 30 minutes, puis baissez la température à 180 °C (th. 6) et prolongez la cuisson de 30 minutes encore.

Mon conseil

Vous pouvez, pour varier, faire une délicieuse tourte de pommes de terre au lard : faites précuire les pommes de terre coupées en rondelles pendant 10 minutes dans de l'eau bouillante ou du bouillon, puis égouttez-les ; tapissez un moule à manqué de fines tranches de lard dépassant du rebord, puis disposez dessus en les intercalant des couches de fromage râpé et de pommes de terre salées, poivrées et parsemées de noix de muscade ; rabattez le lard qui dépasse vers le centre et faites cuire dans le four préchauffé à 210 °C (th. 7) pendant 45 minutes à 1 heure ; démoulez pour servir.

Girolles rissolées à l'ail

Pour 6 personnes

Préparation 30 min **Cuisson** 20 min

2 kg de girolles ▪ 3 gousses d'ail ▪ 60 g de beurre ▪ 6 brins de persil plat ▪ sel ▪ poivre du moulin

*C*oupez les pieds des girolles, lavez rapidement ces dernières sous l'eau froide et mettez-les dans une sauteuse portée sur feu vif. Pelez les gousses d'ail et hachez-les. Dès que les champignons ont rendu leur eau et que la poêle est sèche, ajoutez le beurre, préalablement détaillé en parcelles, l'ail, le persil ciselé, du sel et du poivre. Faites rissoler en remuant souvent et servez aussitôt.

Mon conseil Si vous le pouvez, attendez 24 heures après avoir lavé les girolles, qu'elles aient le temps de sécher à l'air libre (posez-les, par exemple, sur un plateau).

Purée façon Marie

Pour 6 à 8 personnes

Préparation 20 min **Cuisson** 25 min

2 kg de pommes de terre (bintje ou BF 15) ■ 150 g de beurre ■ 4 cuil. à soupe de crème fraîche épaisse ■ sel ■ poivre blanc du moulin

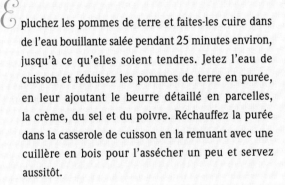

É pluchez les pommes de terre et faites-les cuire dans de l'eau bouillante salée pendant 25 minutes environ, jusqu'à ce qu'elles soient tendres. Jetez l'eau de cuisson et réduisez les pommes de terre en purée, en leur ajoutant le beurre détaillé en parcelles, la crème, du sel et du poivre. Réchauffez la purée dans la casserole de cuisson en la remuant avec une cuillère en bois pour l'assécher un peu et servez aussitôt.

Mon conseil

Pour accompagner du poisson, faites cette purée avec de l'huile d'olive et ajoutez quelques olives noires hachées dedans ou 2 cuillerées à soupe de tapenade.

Gratin de chou-fleur

Pour 6 personnes

Préparation 20 min **Cuisson** 40 min

1 beau chou-fleur de Bretagne ■ 40 g de beurre + quelques noisettes de beurre ■ 3 cuil. à soupe de farine ■ 30 cl de lait ■ 10 cl de crème fleurette ■ noix de muscade ■ 100 g de comté râpé ■ sel ■ poivre du moulin

*F*aites chauffer une grande quantité d'eau dans un faitout et salez-la dès qu'elle atteint l'ébullition. Séparez les bouquets du chou-fleur, passez-les sous l'eau froide et faites-les cuire pendant 20 minutes dans l'eau bouillante. Préchauffez le four à 180 °C (th. 6) et beurrez un plat à gratin.

Faites fondre le beurre dans une grande casserole. Dès qu'il mousse, saupoudrez-le de farine et ajoutez le lait en mince filet, en remuant vivement au fouet pour éviter les grumeaux. Ajoutez ensuite la crème, du sel, du poivre, un peu de noix de muscade râpée et la moitié du comté.

Disposez les bouquets de chou-fleur dans le plat, nappez-les de sauce et parsemez le tout du reste de fromage râpé et de quelques noisettes de beurre. Enfournez et faites gratiner pendant 20 minutes environ.

Mon conseil

Le fromage n'est pas obligatoire...

Gratin d'épinards à la crème

Pour 6 personnes

Préparation 10 min **Cuisson** 1 h

2 kg d'épinards ▪ 40 g de beurre ▪ 50 cl de crème fleurette ▪ noix de muscade ▪ sel ▪ poivre du moulin

*L*avez les épinards à grande eau, rincez-les plusieurs fois et égouttez-les. Faites-les tomber en les cuisant pendant 5 minutes, soit à la vapeur, soit dans une casserole avec 10 cl d'eau. Égouttez-les à fond en les transférant dans une passoire et en les pressant avec du papier absorbant.

Allumez le four à 180 °C (th. 6) et beurrez un plat à gratin. Mélangez les épinards et la crème dans le plat, salez, poivrez et parsemez de noix de muscade râpée, puis enfournez et laissez cuire pendant 1 heure.

Mon conseil

Vous pouvez aussi mélanger les épinards à de la béchamel avant de les passer au four, mais c'est moins fin.

177

Compote de pommes et de coings

Pour 6 à 8 personnes

Préparation 25 min **Cuisson** 40 min

1 kg de pommes (boskoop) ▪ 1 kg de coings ▪ 40 g de beurre ▪ 2 cuil. à soupe d'huile ▪ 1 cuil. à soupe de graines de cumin ▪ 1 cuil. à soupe de graines de coriandre ▪ 1 cuil. à café de poivre noir en grains ▪ 1 cuil. à soupe de baies de genièvre ▪ 50 g de sucre

*C*oupez les pommes et les coings en quatre, pelez-les, retirez-leur le cœur ainsi que les pépins et détaillez les quartiers en morceaux. Faites fondre le beurre dans l'huile dans une sauteuse antiadhésive, puis ajoutez les fruits et les épices, préalablement enveloppées dans une petite gaze en coton. Saupoudrez les fruits de sucre, mouillez avec 20 cl d'eau et faites cuire pendant 40 minutes environ. Retirez le sachet d'épices et mixez la compote, plus ou moins finement selon vos goûts.

Mon conseil

Servez cette compote au moment de Noël pour accompagner une volaille.

Risotto tendre aux oignons frais

Pour 6 à 8 personnes

Préparation 10 min **Cuisson** 22 min **Repos** 5 min

2 oignons frais ▪ 600 g de riz ▪ 15 cl de vin blanc sec ▪ 2 litres de bouillon de volaille ▪ 100 g de parmesan ▪ 100 g de beurre ▪ huile d'olive ▪ poivre du moulin

Épluchez les oignons, coupez-les en dés et faites-les fondre dans une sauteuse à bord haut avec un filet d'huile jusqu'à ce qu'ils soient translucides. Ajoutez le riz, avec éventuellement un peu d'huile, et remuez souvent jusqu'à ce qu'il soit brillant et transparent. Mouillez avec le vin blanc puis, dès qu'il s'est évaporé, ajoutez le bouillon en une fois, remuez, couvrez et laissez mijoter pendant 22 minutes. À ce moment-là, il doit rester environ 1 centimètre de bouillon (s'il y en a plus, enlevez le couvercle et prolongez la cuisson de quelques minutes). Ajoutez le parmesan fraîchement râpé, le beurre détaillé en parcelles et un peu de poivre, puis couvrez et laissez reposer pendant 5 minutes. Mélangez une dernière fois et servez immédiatement.

Mon conseil
Ajoutez tout ce qu'il vous plaira en même temps que le parmesan et le beurre dans votre risotto : asperges, petits légumes, fruits de mer (cuits, bien sûr), jambon cru en lamelles...

Chou braisé aux noix

Pour 6 personnes

Préparation 10 min **Cuisson** 30 min

1 cuil. à café de bicarbonate de soude ■ 1 chou vert nouveau ■ 250 g de lardons ■ 2 cuil. à soupe d'huile d'olive ■ 40 g de beurre ■ 4 cuil. à soupe de cerneaux de noix ■ sel ■ poivre du moulin

*P*ortez à ébullition une grande quantité d'eau additionnée du bicarbonate dans une casserole. Enlevez le trognon du chou et retirez les premières feuilles. Coupez le chou en lanières, lavez celles-ci et faites-les blanchir dans l'eau bouillante avec le bicarbonate pendant 5 minutes, puis égouttez-les.

Faites revenir les lardons dans l'huile. Dès qu'ils commencent à dorer, ajoutez le beurre, le chou égoutté et les noix grossièrement concassées.

Salez, poivrez et laissez mijoter pendant 15 à 20 minutes, en remuant souvent. Servez avec une viande blanche.

Mon conseil

Vous pouvez cuire de la même façon des choux de Bruxelles ; comptez 10 minutes de plus dans l'eau bouillante.

Pommes de terre à la crème

Pour 6 personnes

Préparation 20 min   **Cuisson** 45 min

1,5 kg de pommes de terre (charlotte) ▪ 50 cl de lait ▪ 1 bouquet garni ▪ 20 g de beurre ▪ 20 cl de crème fleurette ▪ sel ▪ poivre du moulin

*F*aites chauffer le lait dans une grande casserole avec le bouquet garni. Épluchez les pommes de terre et coupez-les en rondelles un peu épaisses, puis jetez-les dans la casserole, salez, couvrez et laissez cuire à petits frémissements pendant 25 minutes environ. Au bout de ce temps, préchauffez le four à 200 °C (th. 6-7) et beurrez un plat à gratin. Prélevez les pommes de terre en les égouttant à l'aide d'une écumoire et mettez-les dans le plat. Ajoutez la crème fleurette au lait et faites réduire l'ensemble de moitié sur feu vif, puis retirez le bouquet garni, poivrez et versez sur les pommes de terre. Enfournez, laissez cuire pendant 15 à 20 minutes et servez bien chaud.

Mon conseil Dans ce plat, variante du gratin, les pommes de terre sont particulièrement crémeuses et onctueuses.

Galette de pommes de terre

Pour 4 à 6 personnes

Préparation 15 min   **Cuisson** 20 min

1,5 kg de pommes de terre ▪ 50 g de beurre ▪ sel ▪ poivre du moulin

*É*pluchez les pommes de terre, essuyez-les et râpez-les avec la râpe à carottes. Faites chauffer la moitié du beurre dans une grande poêle antiadhésive et versez-y les pommes de terre. Tassez-les bien avec une spatule, salez, poivrez et faites cuire pendant 5 minutes sur feu assez vif, puis baissez le feu et poursuivez la cuisson pendant encore 5 minutes. Pour faire cuire l'autre côté de la galette, renversez-la sur un plat (le côté grillé doit être vers vous), faites fondre le reste de beurre dans la poêle et glissez-y la galette de pommes de terre. Salez, poivrez et laissez cuire pendant 10 minutes. Coupez la galette en parts et servez-la aussitôt.

Mon conseil

Adorée des grands comme des petits, cette galette accompagne parfaitement toutes les viandes, et change un peu des pommes de terre sautées.

Petits légumes
à la crème

Pour 6 personnes

Préparation 20 min **Cuisson** 30 min

1 botte de carottes ▪ 8 petites pommes de terre ▪ 2 courgettes ▪ 500 g de petits pois écossés ▪ 15 cl de crème fleurette ▪ 3 brins de cerfeuil ▪ sel ▪ poivre du moulin

*P*elez les carottes et coupez-les en petits dés. Mettez ces derniers dans une sauteuse, versez de l'eau à niveau, portez à ébullition et laissez cuire doucement. Épluchez les pommes de terre, coupez-les en dés et ajoutez-les aux carottes, en versant éventuellement un peu d'eau pour conserver le niveau. Lavez les courgettes et ôtez-leur les extrémités, puis pelez-les en enlevant une lanière de peau sur deux et coupez-les en dés. Ajoutez ceux-ci ainsi que les petits pois aux autres légumes et laissez mijoter pendant 25 minutes environ, jusqu'à ce que les légumes soient tendres. Versez la crème, augmentez un peu le feu et remuez jusqu'à ce qu'elle soit absorbée. Salez et poivrez à la fin, puis parsemez de cerfeuil ciselé et servez aussitôt.

Mon conseil

Pour les enfants, écrasez ces petits légumes à la fourchette et ajoutez une noix de beurre.

Haricots à la tomate et au serpolet

Pour 6 personnes

Préparation 30 min **Cuisson** 45 min

2 kg de haricots à écosser ■ 3 gousses d'ail ■ 1 tomate ■ 3 brins de serpolet ■ huile d'olive ■ sel ■ poivre du moulin

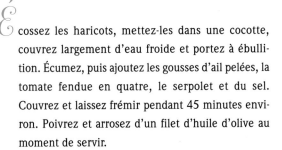

É cossez les haricots, mettez-les dans une cocotte, couvrez largement d'eau froide et portez à ébullition. Écumez, puis ajoutez les gousses d'ail pelées, la tomate fendue en quatre, le serpolet et du sel. Couvrez et laissez frémir pendant 45 minutes environ. Poivrez et arrosez d'un filet d'huile d'olive au moment de servir.

Mon conseil

Vous pouvez ajouter une pincée de bicarbonate de soude dans l'eau de cuisson pour faciliter la digestion. Si vous utilisez des haricots secs, faites-les préalablement tremper une nuit dans l'eau froide. Égouttez-les, faites-les blanchir pendant 15 minutes, jetez l'eau et faites-les cuire avec une garniture aromatique pendant 1 h 30 environ.

Camembert poêlé au persil frit

Pour 6 à 8 personnes

Préparation 2 min **Cuisson** 3 min

40 g de beurre ■ 10 feuilles de persil plat ■ 1 camembert de Normandie ■ poivre du moulin

*M*ettez à fondre la moitié du beurre dans une poêle antiadhésive. Dès qu'il mousse, faites frire dedans les feuilles de persil pendant 1 minute, puis regroupez-les vers le centre, posez le camembert dessus, poivrez et laissez cuire pendant 1 minute. Ajoutez alors le reste de beurre dans la poêle, retournez le fromage, poivrez l'autre côté et faites cuire pendant encore 1 minute. Coupez le camembert poêlé en six ou huit parts et servez-le aussitôt.

Mon conseil
Cette recette est idéale pour rendre onctueux et coulant un camembert qui ne l'est pas forcément au départ. Vous pouvez aussi poêler une part ou deux seulement ; le temps de cuisson sera alors un peu plus court.

Boulettes de raisins au chèvre

Pour 6 personnes

Préparation 10 min

24 gros grains de raisin blanc italien ■ 250 g de chèvre frais (de type Petit Billy) ■ pistaches moulues ■ paprika ■ graines de lin ■ graines de pavot ■ ciboulette ciselée ■ curry ou graines de sésame, par exemple ■ sel ■ poivre du moulin

*L*avez les grains de raisin, puis retirez les queues et si possible les pépins, mais veillez à conserver leur forme aux grains. Salez et poivrez le chèvre en le remuant avec une fourchette pour l'assouplir ; ajoutez éventuellement 1 cuillerée à soupe d'eau ou de crème fleurette. Prenez la valeur d'une petite cuillerée à soupe de chèvre dans la paume de la main et enveloppez-en un grain de raisin en formant une boulette comme avec de la pâte à modeler. Procédez de la même façon avec le reste de chèvre et les autres grains de raisin. Roulez ensuite les boulettes dans la ou les préparations de votre choix jusqu'à ce qu'elles soient bien enrobées, et réservez au frais.

Mon conseil

Vous pouvez aussi utiliser des raisins noirs ou rouge foncé, mais il faut que les grains soient assez gros pour que vous puissiez les entourer de chèvre.

Chèvre aux abricots secs

Pour 6 personnes

Préparation 15 min **Cuisson** 10 min

125 g d'abricots secs moelleux ▪ 80 g de lardons allumettes ▪ 1 cuil. à soupe d'huile d'olive ▪ 1 cuil. à soupe de marmelade d'abricots ▪ 3 chabichous ▪ poivre du moulin

*F*aites gonfler les abricots secs pendant 10 minutes dans de l'eau bouillante à découvert. Versez l'huile d'olive dans une poêle et mettez-y à revenir les lardons allumettes. Coupez les abricots en dés et mélangez-les aux lardons grillés, à la marmelade d'abricots, délayée dans un peu d'eau de cuisson des abricots, et à du poivre. Découpez les chabichous en deux dans le sens de l'épaisseur, répartissez le mélange précédent dessus et servez.

Mon conseil

Vous pouvez utiliser des abricots frais en saison : faites-les poêler pendant 10 minutes dans une noix de beurre avec 1 cuillerée à soupe de sucre et 1 cuillerée à soupe de vinaigre.

Vacherin mont-d'or, tuiles au parmesan

Pour 6 personnes

Préparation 5 min **Cuisson** 2 min par fournée

6 cuil. à soupe de parmesan fraîchement râpé ■ 3 cuil. à soupe de farine ■
1 petit vacherin mont-d'or

Mélangez le parmesan et la farine. Faites chauffer une poêle à revêtement antiadhésif. Déposez des petits tas du mélange de farine et de parmesan dans la poêle, étalez-les avec le dos d'une cuillère et laissez-les cuire pendant quelques secondes, puis retournez-les délicatement à l'aide d'une spatule souple et faites-les cuire pendant quelques secondes de l'autre côté ; sortez-les de la poêle et déposez-les aussitôt sur un rouleau à pâtisserie pour leur donner leur forme de tuile. Répétez cette opération jusqu'à épuisement du mélange. Coupez le vacherin en six, posez une part dans chacune des assiettes, disposez une ou deux tuiles sur chaque part et proposez les autres à part.

Mon conseil
Il vaut mieux cuire les tuiles une à une et les surveiller de près car elles brûlent très vite. Vous pouvez les préparer un peu à l'avance et les garder au sec, par exemple le matin pour le soir.

Terrine
aux deux fromages

Pour 6 à 8 personnes

Préparation 20 min **Réfrigération** 1 nuit

50 g d'amandes concassées ▪ 250 g de bleu des Causses ▪ 250 g de beurre au sel de Noirmoutier mou ▪ 1 camembert ▪ 50 g de cerneaux de noix ▪ 500 g de pain aux céréales

*F*aites griller les amandes pendant quelques secondes dans une poêle antiadhésive sans matière grasse. Retirez la peau du bleu, mettez ce dernier dans le bol d'un mixeur avec 125 g de beurre et les amandes grillées concassées, et mixez jusqu'à ce que vous obteniez une pâte lisse. Enlevez un peu de croûte du camembert et coupez le fromage en morceaux, puis mettez-le dans le bol du robot avec le beurre restant ainsi que les noix concassées. Mixez jusqu'à ce que la préparation soit lisse.

Tapissez un moule à cake de film alimentaire. Faites légèrement griller les tranches de pain et découpez-les à la dimension du moule. Disposez-en une couche dans le fond du moule, étalez dessus la préparation au bleu, ajoutez une deuxième couche de pain et répartissez la préparation au camembert, puis ajoutez une dernière couche de pain. Tassez bien en appuyant avec les mains, repliez le film sur le dessus et placez la terrine au frais jusqu'au lendemain. Servez la terrine découpée en tranches.

Mon conseil Vous pouvez réaliser cette terrine avec tous les fromages à pâte molle, et varier les associations.

Fromage frais

Pour 6 à 8 personnes

Préparation 5 min   **Cuisson** 3 min   **Repos** 24 h

2 litres de lait entier de ferme non pasteurisé ■ 6 gouttes de présure (en pharmacie)

Faites tiédir le lait dans une casserole ou au four à micro-ondes, puis ajoutez la présure et laissez à température ambiante pendant 24 heures. Versez la préparation obtenue sur un linge (ou une gaze) posé sur une passoire, en laissant dépasser les bords, et faites égoutter pendant 2 heures au frais, jusqu'à ce que vous obteniez la consistance désirée. Vous pouvez mouler le fromage frais dans un récipient, le démouler sur un plat et retirer délicatement le linge. Servez avec du sel, du poivre et des fines herbes ciselées.

Ce délicieux fromage frais peut aussi être accompagné,
par exemple, de sucre et de fraises.

Cabécou aux tomates confites

Pour 6 personnes

Préparation 10 min

6 cabécous du Périgord ■ 4 cuil. à soupe de caviar de tomates confites ■ 4 cuil. à café d'huile d'olive fruitée ■ fleur de sel ■ 100 g de tomates confites ■ piment d'Espelette

*C*oupez les cabécous en deux dans le sens de l'épaisseur et posez-les sur les assiettes. Nappez-les de caviar de tomates confites, puis arrosez-les d'un filet d'huile d'olive et parsemez-les de fleur de sel. Ajoutez quelques tomates confites et un peu de piment d'Espelette, et servez.

Mon conseil

Vous pouvez servir les cabécous sur des tartines de pain à l'ancienne frottées d'ail et chauffées au four.

Fromages rôtis en feuilles de figuier

Pour 6 personnes

Préparation 5 min **Cuisson** 4 min

6 petits fromages de chèvre ou de brebis ■ 6 feuilles de figuier ■ huile d'olive ■ sel ■ poivre du moulin

Salez les fromages, poivrez-les et enveloppez-les dans les feuilles de figuier. Mettez à chauffer de l'huile d'olive dans une poêle sur feu moyen et faites-y revenir les fromages pendant 1 à 2 minutes de chaque côté (veillez à les retourner délicatement pour ne pas les casser). Servez-les tièdes, avec une salade de mesclun enrichie de quartiers de figues fraîches.

 Mon conseil

Si vous ne disposez pas de feuilles de figuier, utilisez des feuilles de vigne ou bien posez le fromage sur deux tranches de figues avant de le faire rôtir.

Sainte-maure aux poires

Pour 6 personnes

Préparation 10 min

1 citron ■ 3 poires bien mûres ■ 1 sainte-maure ■ quelques pousses d'épinards ■ huile de noisette ■ vinaigre de xérès ■ 50 g de noisettes grillées ■ sel ■ poivres mélangés du moulin

*P*ressez le citron. Coupez les poires en deux dans le sens de la hauteur, pelez-les, retirez-leur le cœur et les pépins, et arrosez-les du jus du citron. Coupez le fromage en rondelles. Lavez et épongez les pousses d'épinards.

Posez les demi-poires sur des assiettes, côté bombé vers le fond, disposez quelques feuilles d'épinards dessus, répartissez les rondelles de chèvre, salez et poivrez, puis arrosez d'un filet d'huile de noisette et de quelques gouttes de vinaigre de xérès. Parsemez de noisettes concassées et servez.

Mon conseil

Grillez les noisettes dans une poêle sans matière grasse, puis concassez-les grossièrement à l'aide d'une Moulinette électrique.

Pour que les demi-poires tiennent bien dans l'assiette, coupez un peu le côté bombé.

Tartelettes aux framboises

Pour 6 personnes

Préparation 20 min **Cuisson** 20 min **Repos** 3 h

300 g de fromage blanc Gervita ▪ 6 cuil. à soupe de confiture de framboises ▪ 750 g de framboises ▪ sucre glace ▪ 6 sommités de menthe

Pour la pâte : 1 noix de beurre ▪ 200 g de farine ▪ 50 g de sucre ▪ 1 pincée de sel ▪ 125 g de beurre ▪ 1 œuf

*P*réparez la pâte à l'avance : mettez la farine, le sucre, le sel et le beurre froid dans le bol d'un robot, puis mixez à grande vitesse jusqu'à ce que le mélange soit sableux. Ajoutez alors l'œuf entier par la cheminée du robot et mixez par à-coups jusqu'à ce que la pâte forme une boule, que vous envelopperez dans du film alimentaire et réserverez au frais pendant au moins 3 heures.

Préchauffez le four à 180 °C (th. 6) et beurrez six moules à tartelette. Étalez la pâte sur le plan de travail fariné, découpez six disques, mettez chacun d'eux dans un moule et piquez-les de quelques coups de fourchette. Posez par-dessus du papier sulfurisé, garnissez de haricots et faites cuire à blanc pendant 20 minutes. Retirez alors haricots et papier, démoulez les tartelettes sur une grille et laissez-les refroidir.

Juste avant de servir, mélangez le Gervita et la confiture, et remplissez-en les fonds de tartelette. Répartissez les framboises dessus, saupoudrez-les de sucre glace et décorez chaque tartelette d'une petite branche de menthe.

Mon conseil

Vous pouvez réaliser une grande tarte avec les mêmes ingrédients et les mêmes quantités ; vous pouvez aussi mélanger plusieurs fruits rouges, comme les fraises des bois et les myrtilles.

Compote de pommes et cake au gingembre confit

Pour 6 à 8 personnes

Préparation 30 min **Cuisson** 50 min

1 noix de beurre ▪ sucre cristallisé ▪ 100 g de gingembre confit ▪ 4 œufs
▪ 200 g de sucre en poudre ▪ 220 g de beurre fondu ▪ 125 g d'amandes
en poudre ▪ 2 cuil. à café de gingembre en poudre ▪ 180 g de farine ▪
1/2 sachet de levure chimique
Pour la compote : 1,2 kg de pommes (clochard ou reine des reinettes) ▪
50 g de sucre ▪ 1 citron

*P*réchauffez le four à 160 °C (th. 5-6). Beurrez un moule à cake et poudrez-le de sucre cristallisé. Coupez le gingembre confit en petits dés et roulez ces derniers dans du sucre cristallisé jusqu'à ce qu'ils soient enrobés.

Séparez les jaunes d'œuf des blancs, et battez les jaunes avec le sucre en poudre jusqu'à ce que le mélange blanchisse. Ajoutez le beurre fondu, puis les amandes, le gingembre en poudre, la farine et la levure. Fouettez les blancs d'œuf en neige ferme et mélangez-les délicatement à la préparation. Ajoutez les dés de gingembre confit, versez la pâte dans le moule, enfournez et laissez cuire pendant 50 minutes environ.

Pendant ce temps, coupez les pommes en quatre, pelez-les, retirez-leur le cœur ainsi que les pépins, et recoupez chaque quartier en deux. Mettez les morceaux dans une casserole avec le sucre, le jus du citron et 10 cl d'eau, couvrez et faites cuire pendant 20 minutes, en remuant de temps en temps.

Lorsque le cake est cuit, sortez-le du four et laissez-le tiédir avant de le démouler sur une grille. Servez la compote tiède avec le cake.

Mon conseil

Vous pouvez laisser la compote telle quelle, avec des morceaux, ou bien la mixer à l'aide d'un robot ménager suivant la texture que vous aimez.

Vous pouvez aussi cuire toutes sortes de fruits de la même façon et faire des mélanges : pommes avec une poignée de fraises ou de framboises, prunes, abricots...

Tarte aux fraises et aux fontainebleaux

Pour 6 personnes

Préparation 30 min   **Cuisson** 20 min la veille   **Repos** 25 min

400 g de petites fraises parfumées ■ 3 fontainebleaux ■ 120 g de sucre glace

Pour la pâte : 220 g de farine ■ 125 g de beurre mou ■ 80 g de sucre glace ■ 40 g d'amandes en poudre ■ 1 œuf ■ 1 noix de beurre ■ un peu de farine

*L*a veille, mélangez tous les ingrédients de la pâte du bout des doigts, formez une boule, enveloppez-la de film étirable et réservez-la dans le congélateur pendant 10 minutes. Beurrez et farinez un moule à tarte. Étalez la pâte sur le plan de travail, mettez-la dans le moule, piquez-la de quelques coups de fourchette et placez le moule dans le congélateur pendant 15 minutes. Préchauffez le four à 180 °C (th. 6).

Garnissez le fond de pâte de papier sulfurisé, versez dedans des haricots ou des petits cailloux, enfournez et faites cuire ainsi à blanc pendant 15 minutes. Retirez alors les haricots ainsi que le papier sulfurisé et poursuivez la cuisson pendant 5 minutes. Laissez refroidir, démoulez et réservez au sec jusqu'au lendemain.

Équeutez les fraises et coupez-les en deux. Étalez les fontainebleaux sur le fond de tarte et poudrez avec la moitié du sucre, puis recouvrez avec les demi-fraises et saupoudrez ces dernières avec le reste de sucre.

Mon conseil

Si vous faites la pâte à tarte à l'aide d'un robot, utilisez du beurre froid ; mixez la farine, le beurre, le sucre et les amandes jusqu'à ce que le mélange soit sableux, puis ajoutez l'œuf et mixez par à-coups jusqu'à ce que la pâte forme une boule.

Fraises au sabayon, meringue croquante

Pour 6 personnes

Préparation 15 min **Cuisson** 5 min

600 g de fraises ◾ 2 meringues (achetées chez le pâtissier)
Pour le sabayon : 6 jaunes d'œuf ◾ 120 g de sucre ◾ 15 cl de vin blanc sec (de type chardonnay) ◾ 1/2 citron

 queutez les fraises ; laissez-les entières ou coupez-les en deux ou en quatre selon leur taille. Coupez les meringues en morceaux et émiettez-les grossièrement. Dans une jatte résistant à la chaleur, fouettez les jaunes d'œuf et le sucre jusqu'à ce que le mélange blanchisse. Posez la jatte dans une grande casserole contenant de l'eau frémissante, ajoutez le vin blanc et le jus du demi-citron, et battez au fouet électrique pendant 3 à 5 minutes sur feu vif, jusqu'à ce que la préparation épaississe. Retirez du feu, puis remplissez des verres ou des coupelles de couches alternées de fraises, de miettes de meringue et de sabayon. Réservez au frais jusqu'au moment de servir.

 Vous pouvez remplacer les fraises par des framboises ou par des pêches coupées en morceaux, ou encore faire un mélange de fruits d'été et servir avec une boule de glace à l'amande, à la vanille ou au calisson.

Cake au chocolat et aux écorces d'orange confites

Pour 6 personnes

Préparation 10 min   **Cuisson** 35 min

100 g de chocolat noir ▪ 200 g de beurre ▪ 4 œufs ▪ 150 g de sucre ▪ 150 g de farine ▪ 75 g de Maïzena ▪ 1/2 sachet de levure chimique (5 g) ▪ de 50 à 100 g (selon le goût) d'aiguillettes d'orange confites ▪ beurre pour le moule

*P*réchauffez le four à 200 °C (th. 6-7). Beurrez un moule à cake et tapissez-le de papier sulfurisé beurré. Cassez le chocolat en morceaux dans une jatte, ajoutez le beurre et faites fondre le tout au four à micro-ondes ou au bain-marie ; remuez ensuite au fouet à main pour bien lisser le mélange.

Fouettez les œufs entiers avec le sucre jusqu'à ce que le mélange gonfle. Incorporez le chocolat et le beurre fondus, puis ajoutez la farine, la Maïzena, la levure et les aiguillettes d'orange coupées en petits dés, à l'exception de quelques-unes. Remuez bien, versez la pâte dans le moule et répartissez les écorces réservées sur le dessus.

Enfournez et laissez cuire pendant 5 minutes, puis baissez la température à 180 °C (th. 6) et poursuivez la cuisson pendant 30 minutes environ. Démoulez le cake sur une grille et laissez-le refroidir avant de le déguster.

 Mon conseil

Enveloppé dans du papier d'aluminium, ce cake se conservera plusieurs jours durant.

Vous pouvez le servir avec une mousse au chocolat ou avec des îles flottantes.

Choux à la crème au caramel

Pour 6 à 8 personnes

Préparation 30 min **Cuisson** 25 min

Pour la pâte : 15 cl de lait ▪ 10 cl d'eau ▪ 110 g de beurre ▪ 2 pincées de sel ▪ 1 cuil. à soupe de sucre glace ▪ 1 cuil. à soupe de sucre en poudre ▪ 140 g de farine ▪ 4 œufs
Pour la crème : 50 cl de lait ▪ 1 gousse de vanille ▪ 4 jaunes d'œuf ▪ 100 g de sucre ▪ 50 g de farine ou de Maïzena
Pour le caramel : 200 g de sucre ▪ 10 cl d'eau

*P*réparez la crème pâtissière. Faites chauffer le lait avec la gousse de vanille, fendue en deux dans le sens de la longueur et grattée. Retirez du feu dès l'ébullition, couvrez et laissez infuser pendant 10 minutes. Fouettez les jaunes d'œuf et le sucre jusqu'à ce que le mélange blanchisse, ajoutez la farine ou la Maïzena, puis versez le lait en mince filet. Reversez l'ensemble dans la casserole et faites cuire pendant quelques minutes en remuant sans cesse, jusqu'à ce que la crème épaississe. Posez un film alimentaire dessus et réservez.

Préchauffez le four à 220 °C (th. 7-8) et, pendant ce temps, préparez maintenant la pâte à choux. Faites bouillir le lait, l'eau, le beurre coupé en morceaux, le sel et les sucres dans une grande casserole. Ajoutez la farine en une fois hors du feu, puis remettez sur le feu et fouettez la pâte jusqu'à ce qu'elle se détache des parois de la casserole. Mettez de nouveau hors du feu et ajoutez les œufs entiers un à un, en fouettant vivement à la main ou avec un batteur électrique.

Transférez la pâte dans une poche munie d'une douille lisse de 1 cm de diamètre et disposez des petits tas de pâte sur une feuille de papier sulfurisé posée sur la plaque du four. Enfournez et laissez cuire les choux pendant 10 minutes, puis baissez la température du four à 165 °C (th. 5-6), maintenez la porte entrouverte avec une spatule et poursuivez la cuisson pendant 10 minutes. Laissez refroidir les choux.

Mettez la crème dans la poche à douille. Pratiquez une encoche sur le côté de chacun des choux et remplissez-les de crème pâtissière en enfonçant un peu la douille. Faites bouillir le sucre et l'eau pendant 5 minutes environ de façon à obtenir un caramel, dans lequel vous tremperez la partie supérieure de chaque chou. Consommez sans trop attendre.

Mon conseil

Vous pouvez disposer la pâte à choux sur le papier à l'aide de deux petites cuillères et fabriquer un cornet en papier sulfurisé pour remplir les choux de crème si vous n'avez pas de poche à douille.

Les choux gonflent à la cuisson, aussi pensez à les espacer.

Crèmes à la vanille

Pour 12 ramequins

Préparation 10 min **Cuisson** 30 min

4 gousses de vanille ■ 60 cl de lait ■ 30 cl de crème fleurette ■ 9 jaunes d'œuf ■ 200 g de sucre

*P*réchauffez le four à 180 °C (th. 6). Préparez un grand récipient (ou deux plus petits) pouvant contenir douze ramequins. Passez ces derniers sous l'eau froide et posez-les, sans les essuyer, dans le récipient. Faites chauffer de l'eau que vous verserez dans le récipient au dernier moment pour le bain-marie.

Fendez les gousses de vanille en deux dans le sens de la longueur et grattez à l'aide d'un couteau les petites graines noires aromatiques qui sont à l'intérieur. Mettez gousses et graines dans une grande casserole, ajoutez le lait ainsi que la crème, et faites chauffer. Retirez du feu au premier bouillon, couvrez et laissez infuser pendant quelques minutes.

Mélangez les jaunes et le sucre au fouet sans faire mousser. Incorporez le lait, versé en mince filet, en remuant, puis filtrez la préparation à l'aide d'une passoire et répartissez-la dans les ramequins. Mettez le récipient contenant ces derniers dans le four, versez l'eau chaude jusqu'à mi-hauteur et faites cuire pendant 30 minutes. Laissez tiédir et réservez au frais jusqu'au moment de servir.

 Mon conseil Appréciés de tous, ces petits pots accompagnent avec bonheur un gâteau, des fruits au sirop, ou encore une compote.

Crème renversée

Pour 6 à 8 personnes

Préparation 10 min **Cuisson** 45 min

80 cl de lait entier ■ 20 cl de crème fleurette ■ 1 gousse de vanille ■ 4 œufs + 8 jaunes ■ 160 g de sucre
Pour le caramel : 200 g de sucre ■ 10 cl d'eau

*P*réchauffez le four à 180 °C (th. 6). Faites chauffer le lait et la crème avec la gousse de vanille, préalablement fendue en deux dans le sens la longueur et grattée. Mettez hors du feu, couvrez et laissez infuser.

Faites bouillir le sucre et l'eau pendant environ 5 minutes, jusqu'à ce que vous obteniez un caramel ambré (trop clair, il n'aura pas de goût ; trop foncé, il sera amer). Versez-le dans un moule à manqué, que vous inclinerez dans tous les sens pour bien répartir le caramel, en veillant à ne pas vous brûler.

Fouettez les œufs entiers avec les jaunes et le sucre au fouet électrique. Ajoutez le lait et la crème en mince filet, en remuant doucement sans faire mousser. Filtrez la préparation à l'aide d'une passoire fine, versez-la dans le moule caramélisé et posez ce dernier dans un grand plat, dans lequel vous verserez de l'eau chaude jusqu'à mi-hauteur.

Enfournez et faites cuire ainsi au bain-marie pendant 10 minutes, puis baissez la température du four à 160 °C (th. 5-6) et poursuivez la cuisson pendant 35 minutes. Laissez refroidir la crème, démoulez-la et servez-la à température ambiante ; si vous la préférez bien froide, réservez-la dans le réfrigérateur pendant 4 heures.

Mon conseil

Mettez le moule dans le four au moment du préchauffage de ce dernier : vous aurez plus de temps pour bien répandre le caramel dans le moule car il durcira moins vite.

Baba au rhum

Pour 6 personnes

Préparation 10 min **Cuisson** 30 min

1 noix de beurre ∎ 150 g de sucre ∎ 3 œufs ∎ 60 g de beurre fondu ∎
150 g de farine ∎ 1 sachet de levure chimique
Pour le sirop : 250 g de sucre ∎ 45 cl d'eau ∎ 15 cl (10 cuil. à soupe) de
rhum ambré

*P*réchauffez le four à 180 °C (th. 6) et beurrez un
moule en couronne. Mélangez le sucre et les œufs
entiers au batteur électrique ou dans le bol d'un
robot, puis ajoutez le beurre fondu tiède, la farine et
la levure, et mixez pendant quelques secondes pour
que la pâte soit bien lisse. Versez-la dans le moule,
enfournez et laissez cuire pendant 15 minutes.
Baissez alors la température du four à 150 °C (th. 5)
et prolongez la cuisson de 15 minutes.

Au dernier moment, mettez le sucre et l'eau
dans une casserole, portez à ébullition, ajoutez le
rhum et laissez frissonner pendant 3 minutes.
Démoulez le baba sur un plat creux, versez le sirop
doucement dessus et arrosez sans arrêt le gâteau à
l'aide d'une petite louche jusqu'à ce que le sirop soit
presque totalement absorbé. Vous pouvez accompagner ce baba de crème Chantilly, de fruits frais en
salade ou de crème anglaise.

Mon conseil

Cette version express du baba, où la levure chimique remplace la levure de boulanger, donne un biscuit très léger qui s'imprègne bien de sirop... pour les amateurs.

Mousse au chocolat

Pour 6 personnes

Préparation 10 min **Réfrigération** 4 h

300 g de chocolat noir ▪ 5 cuil. à soupe de café fort ▪ 60 g de beurre mou ▪ 6 œufs ▪ 60 g de sucre glace

*C*assez le chocolat en morceaux et faites-le fondre au four à micro-ondes ou au bain-marie avec le café. Ajoutez le beurre mou en remuant au fouet à main pour lisser la préparation, puis laissez tiédir un peu. Séparez les jaunes d'œuf des blancs. Ajoutez les jaunes un à un au chocolat tiédi et battez les blancs en neige ferme, en ajoutant le sucre glace en pluie à la fin. Mélangez délicatement les blancs battus au chocolat en soulevant la préparation avec une spatule souple. Versez cette dernière dans une jatte, couvrez d'un film étirable et réservez au frais pendant au moins 4 heures et jusqu'à 48 heures.

Mon conseil

Vous pouvez incorporer 10 cl de crème fleurette montée en chantilly dans le mélange de chocolat et de jaunes d'œuf avant d'ajouter les blancs battus.

Petits pots de crème au chocolat

Pour 6 à 8 personnes

Préparation 10 min la veille **Cuisson** 30 min

1 litre de lait entier ■ 9 jaunes d'œuf ■ 200 g de sucre ■ 40 g de cacao en poudre non sucré

*F*aites chauffer le lait. Fouettez les jaunes d'œuf et le sucre jusqu'à ce que le mélange blanchisse, ajoutez le cacao et remuez doucement. Incorporez le lait en le versant en mince filet, puis laissez reposer au frais jusqu'au lendemain. Allumez le four à 150 °C (th. 5). Passez les ramequins sous l'eau froide et, sans les essuyer, répartissez la préparation dedans. Posez-les dans un plat suffisamment grand pour les contenir tous, remplissez à moitié le plat d'eau chaude, enfournez et faites cuire au bain-marie pendant 30 minutes. À l'issue de la cuisson, laissez refroidir et réservez au frais jusqu'au moment de servir.

Mon conseil

Avec les blancs d'œuf non utilisés, vous pouvez faire des financiers : mélangez 5 blancs d'œuf légèrement battus à 200 g de sucre glace, 80 g de farine, 80 g d'amandes en poudre, 1 cuillerée à café de miel et 150 g de beurre noisette ; versez dans des moules beurrés et faites cuire pendant 10 minutes au four préchauffé à 210 °C (th. 7). Vous pouvez aussi faire des meringues : battez 4 blancs d'œuf en neige avec 1 cuillerée à soupe de sucre ; ajoutez 125 g de sucre en poudre en pluie à la fin, puis 125 g de sucre glace, en soulevant la préparation avec une spatule souple ; déposez les meringues sur une feuille de papier sulfurisé beurré et faites-les cuire pendant 2 heures dans le four préchauffé à 110 °C (th. 3-4) ; laissez refroidir dans le four porte entrouverte.

Gâteau de semoule au caramel

Pour 6 à 8 personnes

Préparation 10 min **Cuisson** 40 min

1 litre de lait ▪ 130 g de sucre ▪ 1 gousse de vanille ▪ 200 g de semoule ▪ 6 œufs ▪ 2 cuil. à soupe de crème fraîche épaisse ▪ 80 g de raisins secs macérés dans du rhum
Pour le caramel : 150 g de sucre ▪ 6 cuil. à soupe d'eau

*F*aites chauffer le lait avec le sucre et la gousse de vanille, préalablement fendue en deux dans le sens de la longueur et grattée. Retirez la vanille dès l'ébullition, puis versez la semoule en pluie, laissez-la cuire pendant quelques minutes en remuant jusqu'à ce qu'elle épaississe et retirez du feu. Préchauffez le four à 180 °C (th. 6).

Préparez un caramel en faisant bouillir le sucre et l'eau jusqu'à ce que vous obteniez une couleur ambrée. Versez le caramel dans un moule à manqué, en l'inclinant dans tous les sens pour bien le répartir sur toute la surface du moule.

Ajoutez les œufs un à un dans la semoule tiédie en remuant au fouet à main, puis ajoutez la crème fraîche et les raisins. Versez la préparation dans le moule, enfournez et faites cuire pendant 30 minutes environ. Laissez tiédir avant de démouler, et servez tiède ou froid.

Mon conseil

Rincez la gousse de vanille sous l'eau froide, essuyez-la avec du papier absorbant et laissez-la sécher pendant quelques jours dans un coin de la cuisine. Mixez-la ensuite finement à l'aide d'une petite Moulinette électrique avec 2 cuillerées à soupe de sucre glace, puis filtrez-la à l'aide d'une passoire : vous obtenez ainsi un sucre vanillé maison très fin et très parfumé.

Soupe de fraises

Pour 6 personnes

Préparation 5 min **Cuisson** 20 min **Repos** 1 h

75 cl de vin rouge d'Anjou ▪ 1 kg de fraises (gariguette ou mara des bois) ▪ 1 gousse de vanille ▪ 150 g de sucre ▪ 1 bâton de cannelle

*F*aites réduire le vin de moitié dans une casserole portée sur feu vif. Lavez les fraises, égouttez-les sur du papier absorbant et équeutez-les. Fendez la gousse de vanille en deux dans le sens de la longueur et récupérez ses petites graines noires. Jetez le sucre, la cannelle, la gousse et les graines de vanille dans le vin réduit, puis laissez frémir le tout sur feu doux pendant 5 minutes.

Ajoutez alors les fraises dans le vin et faites-les pocher pendant 5 minutes, en remuant doucement. Versez la soupe dans une jatte, laissez-la reposer pendant 1 heure et servez-la encore tiède, ou réservez-la pendant quelques heures au frais afin de la servir glacée.

Mon conseil

Vous pouvez remplacer le vin rouge par du rosé, et accompagner la soupe de fraises d'une boule de glace à la vanille, au calisson ou au nougat.

Charlotte aux fraises

Pour 8 à 10 personnes

Préparation 20 min   **Cuisson** 10 min   **Réfrigération** 12 h

20 biscuits à la cuillère ▪ 15 cl de sirop de sucre de canne ▪ 6 cuil. à soupe de kirsch ▪ 250 g de fraises ▪ beurre pour le moule
Pour la crème : 25 cl de lait ▪ 1 gousse de vanille ▪ 4 jaunes d'œuf ▪ 80 g de sucre ▪ 4 feuilles de gélatine (8 g)
Pour la chantilly : 20 cl de crème fleurette ▪ 50 g de sucre glace
Pour le coulis : 250 g de fraises ▪ 100 g de sucre glace ▪ 1 citron

*P*réparez tout d'abord la crème. Faites chauffer le lait avec la gousse de vanille, préalablement fendue en deux dans le sens de la longueur et grattée. Fouettez les jaunes d'œuf et le sucre jusqu'à ce que le mélange blanchisse, puis versez le lait en mince filet en remuant. Reversez l'ensemble dans la casserole et faites cuire sur feu doux en remuant jusqu'à ce que la crème nappe la cuillère (comptez environ 8 minutes). Retirez la vanille. Trempez les feuilles de gélatine dans un bol d'eau froide pour les ramollir, essorez-les en les pressant entre vos mains et mettez-les dans la préparation bouillante hors du feu : elles fondent aussitôt. Transvasez la crème dans une jatte et laissez-la refroidir en remuant régulièrement ; pour la refroidir plus rapidement, mettez la jatte dans une bassine plus grande remplie d'eau froide et de glaçons.

Beurrez un moule à charlotte. Trempez les biscuits à la cuillère rapidement dans le sirop de sucre additionné du kirsch, mettez-les dans le moule, coupez-les au ras du bord et tapissez le fond du moule d'un disque de papier sulfurisé beurré. Mixez les fraises avec le sucre glace et le jus du citron, puis filtrez le coulis obtenu à l'aide d'une passoire fine pour retirer les graines, et réservez au frais. Équeutez les fraises, coupez-les en deux ou en quatre. Fouettez la crème en chantilly, en ajoutant le sucre glace en pluie à la fin. Incorporez-la délicatement à la crème refroidie en soulevant la préparation.

Mettez un peu de crème dans le moule, ajoutez la moitié des fraises, puis de la crème, ensuite l'autre moitié des fraises, et terminez par le reste de crème. Mettez le moule au frais quelques instants entre deux couches pour durcir la crème, sinon les fraises risquent de remonter. Tapez doucement le fond du moule sur le plan de travail pour bien tasser la préparation, couvrez d'un film alimentaire et réservez au frais pendant 12 heures. Pour servir, démoulez sur un plat et servez avec le coulis.

Mon conseil

Préparez de la même façon une charlotte aux framboises ou à un mélange de fruits rouges, et pensez à adapter le coulis aux fruits choisis.

Gâteau aux noix

Pour 6 à 8 personnes

Préparation 10 min **Cuisson** 45 min

250 g de cerneaux de noix ▪ 2 cuil. à soupe de sucre glace ▪ 6 œufs
▪ 200 g de beurre mou ▪ 200 g de farine ▪ 1/2 sachet de levure chimique
▪ 200 g de sucre ▪ beurre pour le moule
Pour le glaçage : 60 g de beurre ▪ 2 cuil. à soupe d'extrait de café ▪
150 g de sucre glace

*P*réchauffez le four à 180 °C (th. 6) et beurrez un moule à manqué. Mixez les cerneaux de noix et le sucre glace dans le bol d'un robot jusqu'à ce que vous obteniez une poudre assez fine, que vous réserverez dans un bol.

Mettez les œufs et le sucre dans le bol du robot et mixez à grande vitesse. Ajoutez le beurre mou, la farine, la levure et le mélange de sucre glace et de noix, puis mixez encore jusqu'à ce que l'ensemble soit bien lisse.

Versez la préparation dans le moule, enfournez et laissez cuire pendant 25 minutes. Réduisez alors la température à 160 °C (th. 5-6) et prolongez la cuisson de 20 minutes.

Faites fondre le beurre préalablement coupé en morceaux et mis dans un bol, au four à micro-ondes avec l'extrait de café, puis ajoutez le sucre glace et remuez pour que le glaçage soit bien lisse. Démoulez le gâteau sur une grille, versez le glaçage dessus, étalez-le avec la lame d'un couteau et laissez refroidir.

 Mon conseil Vous pouvez réaliser ce gâteau avec des noisettes que vous aurez grillées à sec dans une poêle avant de les mixer.

Tarte aux poires à la crème d'amandes

Pour 6 à 8 personnes

Préparation 20 min **Cuisson** 45 min **Repos** 3 h

4 poires mûres ▪ 2 cuil. à soupe de sucre cristallisé
Pour la pâte : 170 g de farine ▪ 80 g de Maïzena ▪ 1 pincée de sel ▪
1 cuil. à café de sucre ▪ 180 g de beurre ▪ 1 jaune d'œuf ▪ 4 cuil. à soupe
d'eau ▪ 1 cuil. à soupe de vinaigre balsamique ▪ beurre pour le moule
Pour la crème : 50 g de crème fraîche épaisse ▪ 50 g d'amandes en
poudre ▪ 50 g de sucre glace ▪ 1 œuf ▪ 2 cuil. à café de Maïzena

*P*réparez la pâte : mélangez la farine, la Maïzena, le sel, le sucre et le beurre dans le bol d'un robot et mixez à grande vitesse jusqu'à ce que le mélange soit sableux ; ajoutez le jaune, l'eau et le vinaigre par la cheminée du couvercle, puis mixez par à-coups jusqu'à ce que la pâte se détache des parois du bol et forme une boule. Entourez cette dernière de film alimentaire et mettez-la au frais pendant 3 heures.

Préchauffez le four à 200 °C (th. 6-7) et beurrez un moule à tarte. Coupez les poires en quatre, pelez-les, retirez-leur le cœur ainsi que les pépins et recoupez chaque quartier en trois. Mélangez la crème fraîche, les amandes en poudre, le sucre glace, la Maïzena et l'œuf dans un bol, en fouettant avec une fourchette.

Étalez la pâte à tarte sur le plan de travail fariné et piquez-la de plusieurs coups de fourchette. Mettez-la dans le moule, côté piqué vers le fond, disposez les lamelles de poire en rosace sur le fond de tarte, nappez avec la crème aux amandes et parsemez de sucre cristallisé.

Enfournez et laissez cuire pendant 25 minutes, puis baissez la température du four à 180 °C (th. 6) et prolongez la cuisson de 20 minutes environ. Démoulez la tarte sur une grille et laissez-la tiédir avant de la déguster.

Mon conseil

Vous pouvez remplacer les poires par des figues, ajouter un peu de cannelle en poudre en même temps que la crème ou encore intercaler lamelles de poire et quartiers pelés à vif de pamplemousse rose.

Soufflé
aux pralines roses

Pour 6 personnes

Préparation 20 min **Cuisson** 30 min

60 cl de lait ■ 2 gousses de vanille ■ 6 œufs ■ 180 g de sucre en poudre ■ 60 g de farine ■ 6 cuil. à soupe de Grand Marnier ■ 30 g de beurre ■ sucre cristallisé ■ 100 g de pralines roses ■ 1 pincée de sel ■ sucre glace

*F*aites chauffer dans une grande casserole le lait et les gousses de vanille, préalablement fendues en deux dans le sens de la longueur et grattées. Cassez les œufs et séparez les jaunes des blancs. Fouettez les jaunes avec 130 g de sucre jusqu'à ce que le mélange blanchisse, ajoutez la farine en remuant, puis incorporez le lait en le versant en mince filet, en mélangeant doucement sans faire mousser. Retirez la vanille.

Rincez la casserole, reversez la préparation dedans et faites épaissir sur feu doux pendant 5 minutes environ, jusqu'à ce que la crème se détache des parois de la casserole. Versez-la dans une jatte et laissez-la refroidir en remuant souvent, puis incorporez le Grand Marnier.

Beurrez un moule à soufflé en porcelaine et poudrez-le de sucre cristallisé, en tournant le moule dans tous les sens pour bien répartir le sucre. Allumez le four à 240 °C (th. 8). Réduisez les pralines en poudre pas trop fine. Au dernier moment, battez les blancs en neige ferme avec le sel ; ajoutez le reste de sucre à la fin, toujours en fouettant.

Mélangez les blancs battus et la moitié des pralines à la crème refroidie, en soulevant la préparation avec une spatule souple. Versez-la dans le moule, puis passez la lame d'un couteau tout autour pour décoller la pâte du moule et permettre au soufflé de bien gonfler. Saupoudrez de sucre glace et du reste de pralines, enfournez et laissez cuire pendant 10 minutes. Réduisez alors la température du four à 180 °C (th. 6) et poursuivez la cuisson pendant 15 minutes. Servez aussitôt.

 Mon conseil

N'ouvrez jamais la porte du four quand le soufflé cuit, il s'affaisserait aussitôt.

Gâteau au chocolat

Pour 6 à 8 personnes

Préparation 5 min   **Cuisson** 30 min

250 g de chocolat noir ▪ 250 g de beurre ▪ 250 g de sucre ▪ 6 œufs ▪
80 g de farine ▪ beurre et farine pour le moule

*P*réchauffez le four à 180 °C (th. 6). Beurrez et farinez un moule à manqué. Faites fondre le chocolat, cassé en morceaux, et le beurre, détaillé en parcelles, au four à micro-ondes ou au bain-marie. Lissez la préparation à l'aide d'un fouet à main, puis ajoutez le sucre et les œufs un à un, en remuant vivement après chaque ajout. Incorporez ensuite la farine, versez dans le moule et faites cuire pendant 30 minutes, ou un peu moins si vous aimez que le gâteau soit coulant au centre.

Mon conseil

En été, saupoudrez ce gâteau de sucre glace et servez-le avec un coulis de framboises (500 g de framboises mixées avec 125 g de sucre glace et le jus d'un citron, le tout passé au tamis) ; l'hiver, accompagnez-le d'une crème anglaise et de noix caramélisées (faites un caramel avec 100 g de sucre et 3 cuillerées à soupe d'eau ; dès qu'il est cuit, ajoutez des cerneaux de noix, versez l'ensemble sur un marbre, laissez refroidir et concassez grossièrement avant d'en parsemer le gâteau).

Île flottante aux pralines

Pour 6 personnes

Préparation 30 min **Cuisson** 30 min **Réfrigération** 12 h

Pour la crème : 70 cl de lait entier ▪ 30 cl de crème liquide ▪ 1 gousse de vanille ▪ 8 jaunes d'œuf ▪ 160 g de sucre ▪ 2 cuil. à soupe de pralines
Pour le caramel : 150 g de sucre ▪ 6 cuil. à soupe d'eau
Pour l'île : 8 blancs d'œuf ▪ 4 gouttes de jus de citron ▪ 150 g de sucre
Pour le décor : 1 cuil. à soupe de pralines

*C*ommencez par préparer la crème. Faites bouillir le lait et la crème liquide dans une grande casserole avec la gousse de vanille, préalablement fendue en deux et grattée. Fouettez les jaunes d'œuf et le sucre jusqu'à ce que le mélange blanchisse et double de volume, puis incorporez-lui le lait et la crème, versés en mince filet, en remuant sans faire mousser. Reversez l'ensemble dans la casserole et faites cuire sur feu doux en tournant avec une cuillère de bois jusqu'à ce que la crème nappe la cuillère. Si la crème bout, elle va coaguler ; n'hésitez pas alors à la verser dans une jatte et à la fouetter avec un mixeur plongeant pour qu'elle retrouve sa texture. Ajoutez les pralines mixées, retirez du feu et laissez refroidir, puis filtrez la crème à l'aide d'une passoire et réservez-la au frais jusqu'au lendemain.

Quelques heures avant de servir, allumez le four à 150 °C (th. 5). Préparez un caramel doré avec le sucre et l'eau, et versez-le dans un grand moule à charlotte que vous inclinerez en tous sens pour bien couvrir les parois. Battez les blancs en neige ferme avec le jus de citron, puis ajoutez le sucre en pluie à la fin. Mettez les blancs battus dans le moule et faites cuire au bain-marie pendant 30 minutes. Éteignez le four, entrouvrez la porte et laissez refroidir. Versez la crème dans une coupe, posez l'île démoulée dessus et saupoudrez de pralines grossièrement concassées.

Mon conseil

À la place de la vanille et des pralines, vous pouvez aromatiser la crème anglaise avec 2 cuillerées à café d'extrait de café, 50 g de caramel liquide ou encore 6 cuillerées à soupe de kirsch, à ajouter à la crème refroidie.
Les pralines véritables sont marron, les pralines roses, elles, sont un dérivé fantaisie : à vous de choisir.
Vous pouvez aussi décorer le dessus de l'île avec des violettes ou des pétales de rose cristallisés.

Marquise au chocolat

Pour 8 personnes

Préparation 20 min **Cuisson** 3 min **Réfrigération** 4 h

250 g de chocolat noir ▪ 150 g de beurre ▪ 6 œufs ▪ 100 g de sucre glace ▪ 10 cl de crème fleurette ▪ 25 g de sucre
Pour la crème anglaise : 40 cl de lait ▪ 10 cl de crème liquide ▪ 5 jaunes d'œuf ▪ 80 g de sucre

*P*assez un moule à cake sous l'eau froide et, sans l'essuyer, tapissez-le de film étirable. Cassez le chocolat en morceaux et faites-le fondre au four à micro-ondes ou au bain-marie avec le beurre, coupé en morceaux. Séparez les jaunes d'œuf des blancs.

Ajoutez les jaunes et le sucre glace tamisé au chocolat fondu, en remuant avec un fouet à main pour lisser la préparation. Fouettez la crème en chantilly et les blancs d'œuf en neige ferme, en leur ajoutant le sucre en pluie à la fin. Mélangez-les délicatement à la préparation au chocolat en soulevant la masse avec une spatule souple, puis versez l'ensemble dans le moule et réservez au frais pendant au moins 4 heures et jusqu'à 24 heures.

Préparez la crème anglaise : faites chauffer le lait et la crème dans une grande casserole ; fouettez les jaunes d'œuf et le sucre jusqu'à ce que le mélange blanchisse, puis versez petit à petit le lait et la crème dessus, en remuant doucement de façon à ne pas faire mousser ; reversez l'ensemble dans la casserole et faites cuire sur feu doux jusqu'à ce que la crème épaississe ; laissez refroidir et réservez au frais. Démoulez la marquise sur un plat et servez-la, accompagnée de la crème anglaise.

Mon conseil

Vous pouvez aromatiser la crème avec 1 gousse de vanille ou 2 cuillerées à café de café soluble. Vous pouvez aussi ajouter dans la préparation au chocolat 6 cuillerées à soupe d'alcool, kirsch ou rhum vieux, par exemple.

Clafoutis aux cerises

Pour 6 à 8 personnes

Préparation de 10 à 20 minutes   **Cuisson** 45 min

500 g de cerises ▪ 30 cl de lait ▪ 10 cl de crème fleurette ▪
80 g de farine ▪ 100 g de sucre ▪ 3 œufs ▪ 50 g de beurre fondu ▪
beurre et 4 cuil. à soupe de sucre cristallisé pour le moule

*A*llumez le four à 180 °C (th. 6). Beurrez un plat à four et poudrez-le de sucre cristallisé. Dénoyautez ou non les cerises selon vos préférences. Faites chauffer le lait et la crème. Mélangez au batteur ou au fouet la farine et le sucre, puis ajoutez en fouettant les œufs, un à un, le beurre fondu, le lait et la crème. Répartissez les cerises dans le plat, versez la pâte dessus, enfournez et laissez cuire pendant 45 minutes environ. Servez tiède ou froid, dans le plat de cuisson.

Mon conseil

Choisissez des cerises noires, très riches en goût et en sucre, qu'il est préférable de ne pas dénoyauter : c'est le charme du clafoutis.

Vous pouvez réaliser un clafoutis aux abricots, aux framboises ou encore aux kiwis.

Charlotte marron-chocolat

Pour 8 personnes

Préparation 30 min la veille   **Cuisson** 10 min   **Réfrigération** 12 h

8 jaunes d'œuf ▪ 160 g de sucre ▪ 40 cl de lait ▪ 6 grandes feuilles de gélatine (12 g) ▪ 150 g de chocolat noir ▪ 200 g de crème de marrons ▪ 30 cl de crème fraîche liquide ▪ 10 cl de sirop de sucre de canne ▪ 5 cuil. à soupe de rhum vieux ▪ 20 biscuits à la cuillère ▪ 1 cuil. à soupe de sucre glace ▪ 2 marrons glacés

*P*réparez votre charlotte la veille ou deux jours avant de la déguster. Fouettez les jaunes d'œuf et le sucre jusqu'à ce que le mélange blanchisse. Faites bouillir le lait dans une grande casserole et incorporez-le petit à petit à la préparation précédente en le versant en mince filet. Reversez l'ensemble dans la casserole et faites cuire sur feu doux en remuant souvent pendant 10 minutes environ, jusqu'à ce que la crème nappe la cuillère.

Trempez les feuilles de gélatine dans un bol d'eau froide afin de les ramollir, pressez-les entre vos mains pour les égoutter et jetez-les dans la crème chaude, hors du feu. Mettez le chocolat cassé en morceaux dans la casserole, remuez doucement avec un fouet jusqu'à ce que la crème soit lisse, puis ajoutez la crème de marrons et laissez refroidir. Battez la crème liquide en chantilly et mélangez-la délicatement à la préparation refroidie. Mélangez le sirop de sucre de canne et le rhum.

Tapissez de papier sulfurisé le fond et les bords d'un moule à charlotte. Trempez rapidement les biscuits dans le sirop parfumé et disposez-les debout les uns à côté des autres, face bombée contre la paroi du moule. Versez la préparation au centre, tassez-la un peu en tapotant le fond du moule contre le plan de travail, puis réservez au frais pendant au moins une nuit. Le lendemain, démoulez la charlotte sur le plat de service, saupoudrez-la d'un nuage de sucre glace et parsemez-la de brisures de marron glacé. Servez bien frais.

Riz au lait crémeux, pommes caramélisées

Pour 6 à 8 personnes

Préparation 5 min   **Cuisson** 1 h 05

100 g de riz rond ■ 20 cl d'eau ■ 1 litre de lait entier ■ 2 gousses de vanille ■ 100 g de sucre ■ 150 g de crème fraîche épaisse
Pour les pommes : 8 pommes (boskoop ou reine des reinettes) ■ 60 g de beurre ■ 80 g de sucre

*M*ettez le riz dans une casserole avec l'eau, portez à ébullition et laissez cuire en remuant jusqu'à ce que le riz ait absorbé toute l'eau. Faites chauffer le lait avec les gousses de vanille, fendues en deux dans le sens de la longueur et grattées. Dès que le riz est prêt, mélangez-le au lait, couvrez et laissez cuire sur feu très doux pendant 50 minutes environ, en remuant de temps à autre avec une cuillère de bois.

Pendant ce temps, coupez les pommes en quatre, retirez le cœur ainsi que les pépins et recoupez les quartiers en deux. Mettez à fondre le beurre dans une sauteuse antiadhésive, faites-y revenir les pommes, saupoudrez-les de sucre et laissez-les cuire pendant 20 minutes environ, en remuant souvent.

Ajoutez la crème fraîche dans le riz, remuez, couvrez et laissez reposer pendant 15 minutes hors du feu. Servez le riz crémeux avec les pommes caramélisées.

Mon conseil Vous pouvez cuire le riz au four à 180 °C (th. 6) dans un plat beurré ; pensez alors à crever la peau qui se forme à la surface au moins trois fois, et mélangez la crème au riz la dernière fois.

Tarte aux abricots et aux amandes

Pour 6 personnes

Préparation 30 min   **Cuisson** 45 min   **Repos** 2 h

1,5 kg d'abricots ■ 50 g d'amandes en poudre ■ 50 g de sucre glace ■ 4 cuil. à soupe de sucre cristallisé ■ 60 g d'amandes effilées ■ Pour la pâte : 220 g de farine ■ 60 g de sucre ■ 1 pincée de sel ■ 140 g de beurre mou ■ 2 jaunes d'œuf ■ 5 cuil. à soupe d'eau froide ■ beurre et farine pour le moule

*P*réparez la pâte : mettez la farine, le sucre, le sel et le beurre dans une jatte, puis malaxez du bout des doigts jusqu'à ce que vous obteniez un mélange sableux. Ajoutez alors les jaunes d'œuf et l'eau, pétrissez la pâte, roulez-la en boule et réservez-la pendant 2 heures au réfrigérateur. Vous pouvez réaliser cette pâte à l'aide d'un robot ; utilisez dans ce cas du beurre froid.

Allumez le four à 210 °C (th. 7). Beurrez et farinez un moule à tarte. Ouvrez les abricots en deux et dénoyautez-les. Mixez finement les amandes et le sucre glace. Étalez la pâte à tarte sur le plan de travail fariné et piquez-la de plusieurs coups de fourchette, puis mettez-la dans le moule, côté piqué vers le fond, et égalisez les bords.

Répartissez le mélange d'amandes et de sucre glace sur le fond de tarte, disposez les abricots par-dessus, côté bombé vers le fond, saupoudrez de sucre cristallisé et parsemez d'amandes effilées. Enfournez et laissez cuire pendant 15 minutes, puis baissez la température à 180 °C (th. 6) et poursuivez la cuisson pendant 30 minutes. Démoulez sur une grille et servez tiède.

Mon conseil

Lorsque vous avez utilisé une gousse de vanille pour aromatiser du lait, rincez-la, faites-la sécher et réduisez-la en poudre avec 3 cuillerées à soupe de sucre glace. Passez ce sucre au travers d'une passoire et gardez-le dans une boîte hermétique : il vous servira à saupoudrer, par exemple, les tartes aux fruits avant de les cuire.

Vous pouvez prendre n'importe quel fruit juteux pour cette tarte (pêche, nectarine, mirabelle...), car le mélange d'amandes et de sucre glace absorbe le jus et fait que la pâte ne se détrempe pas.

Fruits au sirop et yaourt glacé

Pour 6 à 8 personnes

Préparation 20 min **Cuisson** 15 min **Congélation** 3 h

Pour le yaourt glacé : 4 yaourts nature Crème de Yaourt ▪ 150 g de sucre ▪ 15 cl de crème fleurette

Pour les fruits : 200 g de sucre ▪ 50 cl d'eau ▪ 1 gousse de vanille ▪ 1 éclat d'anis étoilé ▪ 1 fragment de bâton de cannelle ▪ 4 pêches ▪ 4 abricots ▪ 4 nectarines

*M*élangez les yaourts, le sucre et la crème dans une jatte. Mettez celle-ci pendant 30 minutes dans le congélateur, puis remuez la préparation vivement toutes les 15 minutes pour éviter que des cristaux ne se forment. Si vous avez une sorbetière, laissez turbiner pendant environ 25 minutes.

Faites bouillir le sucre, l'eau et les épices pendant 10 minutes. Lavez les fruits, pelez-les ou non et coupez-les en quatre. Jetez-les dans le sirop et faites-les cuire pendant 5 minutes, puis versez-les dans une jatte, laissez-les refroidir et réservez-les à température ambiante ou au frais jusqu'au moment de servir. Servez dans des coupelles avec le yaourt glacé.

Mon conseil

Vous pouvez utiliser tous les fruits de saison ; il suffit de faire cuire un peu plus longtemps les fruits fermes, comme les pommes, les poires ou l'ananas.

Tarte Tatin

Pour 6 personnes

Préparation 20 min **Cuisson** 50 min **Repos** 3 h pour la pâte

8 pommes (boskoop ou reine des reinettes) ■ 60 g de beurre ■ 100 g de sucre ■ 200 g de pâte feuilletée commandée chez le pâtissier (ou, si vous faites la pâte vous-même, 200 g farine, 140 g de beurre bien froid, 1 pincée de sel, 2 jaunes d'œuf, 5 cuil. à soupe d'eau froide)

*S*i vous préparez la pâte vous-même, mélangez la farine, le beurre détaillé en morceaux et le sel dans le bol d'un robot jusqu'à ce que vous obteniez un mélange sableux. Ajoutez alors les jaunes d'œuf et l'eau par la cheminée du robot, puis mixez par à-coups jusqu'à ce que la pâte forme une boule. Enveloppez celle-ci de film étirable et réservez-la au frais pendant 3 heures au minimum.

Coupez les pommes en quatre, pelez les quartiers et retirez les cœurs. Faites fondre le beurre dans une grande poêle antiadhésive, saupoudrez avec le sucre et ajoutez les pommes, puis faites caraméliser à feu doux pendant environ 20 minutes.

Préchauffez le four à 180 °C (th. 6). Disposez les pommes dans un moule à manqué, côté bombé vers le fond, et laissez-les tiédir un peu. Étalez la pâte sur le plan de travail fariné en un cercle aux dimensions du moule, piquez-la de plusieurs coups de fourchette et posez-la sur les pommes, en la rentrant un peu si elle dépasse.

Enfournez la tarte et laissez-la cuire pendant environ 30 minutes, puis attendez quelques instants avant de la retourner sur le plat de service.

Glissez une feuille de papier d'aluminium sous le moule avant de l'enfourner, car le caramel, en cuisant, peut déborder.

Confiture de petites fraises

Pour 4 pots

Préparation 15 min **Cuisson** 20 min **Macération** 24 h

1,5 kg de petites fraises (mara des bois) ■ 1,2 kg de sucre cristallisé ■ 20 cl d'eau ■ 1 citron ■ 2 brins de menthe

*L*avez les fraises, égouttez-les et équeutez-les. Mettez-les dans une grande casserole avec le sucre, l'eau, la menthe et le jus du citron, puis laissez macérer pendant 24 heures en remuant de temps en temps.

Au bout de ce temps, retirez les fraises avec une écumoire et portez le jus du citron et le sucre à ébullition. Laissez bouillonner pendant 10 minutes, puis ajoutez les fraises et laissez frémir pendant encore 10 minutes. Vérifiez la cuisson en versant quelques gouttes de confiture sur une assiette froide : si elles figent instantanément, c'est cuit ; sinon, poursuivez la cuisson pendant quelques minutes.

Dès que la confiture est cuite à point, retirez du feu, écumez et laissez refroidir avant de mettre en pots.

Mon conseil

Il faut laisser refroidir complètement la confiture de fraises pour que les fruits ne remontent pas vers le haut du pot.

Marmelade d'oranges

Pour 4 pots

Préparation 30 min **Cuisson** 55 min
1,5 kg d'oranges non traitées ▪ 1 kg de sucre cristallisé ▪ 20 cl d'eau

*B*rossez les oranges sous l'eau chaude et faites-les blanchir pendant 10 minutes dans de l'eau bouillante. Ôtez les pédoncules, coupez les oranges en quartiers et recoupez chaque quartier en quatre. Mettez ces morceaux d'orange, le sucre et l'eau dans une grande casserole, portez à ébullition et laissez cuire à petits frémissements pendant 45 minutes environ. Vérifiez la cuisson en versant un peu de marmelade sur une assiette froide : si elle fige, mettez en pots ; sinon, laissez cuire pendant encore quelques minutes, en surveillant bien et en remuant souvent.

Mon conseil

Si vous aimez les morceaux plus petits, n'hésitez pas à mixer la marmelade à l'aide d'un robot avant de la mettre en pots. Vous pouvez aussi la parfumer au Grand Marnier ; dans ce cas, ajoutez-en environ 6 cuillerées à soupe avant la fin de la cuisson.

Millefeuille aux fraises

Pour 6 personnes

Préparation 20 min   **Cuisson** 35 min

500 g de pâte feuilletée commandée chez le pâtissier ▪ 400 g de petites fraises (type mara des bois) ▪ sucre glace ▪ un peu de farine
Pour la crème : 25 cl de lait ▪ 1 gousse de vanille ▪ 3 jaunes d'œuf ▪ 60 g de sucre ▪ 30 g de farine ▪ 25 g de beurre mou ▪ 10 cl de crème fleurette

*S*ortez la grille du four et mettez une feuille de papier sulfurisé dessus. Prévoyez une autre feuille de papier sulfurisé de même taille et une autre grille. Préchauffez le four à 200 °C (th. 6-7). Étalez la pâte feuilletée sur le plan de travail fariné en un rectangle dans lequel il vous sera possible de découper dix-huit petits rectangles. Piquez-la de nombreux coups de fourchette, posez-la sur la grille, mettez l'autre feuille de papier dessus et enfournez ; placez l'autre grille juste au-dessus pour éviter que la pâte ne gonfle trop en cuisant. Faites cuire pendant 5 minutes, puis baissez la température à 180 °C (th. 6) et poursuivez la cuisson pendant 25 à 30 minutes. Sortez la pâte du four et coupez-la avec un couteau-scie en dix-huit rectangles égaux. Laissez refroidir.

Faites chauffer le lait avec la gousse de vanille, fendue en deux et grattée. Fouettez les jaunes d'œuf et le sucre jusqu'à ce que le mélange blanchisse, ajoutez la farine, puis incorporez le lait chaud en le versant en mince filet. Enlevez la vanille, mélangez, reversez l'ensemble dans la casserole et faites épaissir sur feu doux sans cesser de remuer. Mettez hors du feu et ajoutez le beurre, préalablement détaillé en parcelles. Transférez dans une jatte, couvrez d'un film étirable posé directement sur la crème et laissez refroidir en remuant de temps en temps.

Fouettez la crème fleurette en chantilly et réservez-la. Équeutez les fraises et coupez-les en deux ou en quatre.

Au dernier moment, mélangez la chantilly à la crème à la vanille, étalez la moitié de la crème sur six rectangles et répartissez la moitié des fraises, puis posez six autres rectangles par-dessus, ajoutez le reste de crème et disposez les dernières fraises. Posez les six derniers rectangles en appuyant un peu pour bien tout caler, saupoudrez généreusement de sucre glace et servez aussitôt.

Mon conseil

Vous pouvez cuire la pâte et faire la crème pâtissière à l'avance, mais la chantilly et l'assemblage se font au dernier moment.

Rhubarbe gratinée

Pour 6 personnes

Préparation 15 min **Cuisson** 55 min

20 g de beurre ■ 800 g de rhubarbe ■ 40 g de sucre roux
Pour la pâte : 100 g de biscuits à la cannelle (de type spéculos) ■
50 g de farine ■ 50 g de sucre roux ■ 100 g de beurre

*P*réchauffez le four à 220 °C (th. 7-8). Beurrez un plat allant au four. Lavez la rhubarbe, essuyez-la et coupez-la en petits tronçons. Mettez ces derniers dans le plat beurré et saupoudrez-les des 40 g de sucre.

Mettez les biscuits dans le bol d'un robot et réduisez-les en miettes, puis ajoutez la farine, le sucre et le beurre, préalablement détaillé en petits morceaux. Mixez par à-coups jusqu'à ce que le mélange prenne l'apparence d'un gros sable, que vous répartirez sur les fruits.

Enfournez et laissez cuire pendant 10 minutes, puis baissez la température du four à 180 °C (th. 6) et poursuivez la cuisson pendant 45 minutes. Servez tiède ou chaud, avec de la crème fraîche.

Mon conseil

Choisissez des tiges de rhubarbe plutôt fines. Si elles sont trop grosses, fendez-les en quatre dans le sens de la longueur avant de les détailler en tronçons et faites-les cuire pendant 10 minutes avec 2 cuillerées à soupe d'eau et les 40 g de sucre roux.

Poires au vin rouge

Pour 6 personnes

Préparation 15 min   **Cuisson** 15 min, la veille

1 bouteille de bourgogne jeune ■ 150 g de sucre ■ 1 éclat de bâton de cannelle ■ 1 clou de girofle ■ 1 lanière de zeste d'orange ■ 1 éclat d'anis étoilé ■ 6 poires mûres mais fermes ■ 1 citron ■ 6 cuil. à soupe de crème de cassis de Dijon Gabriel Boudier

Faites bouillir le vin avec le sucre et les épices pendant que vous préparez les poires. Pressez le citron. Pelez les poires, arrosez-les de jus de citron pour éviter qu'elles ne noircissent et évidez-les par en dessous. Coupez leur base bien droit de façon qu'elles puissent tenir debout et faites-les pocher à petits frémissements pendant 15 minutes (elles doivent être totalement immergées pendant la cuisson). Laissez-les refroidir dans le vin jusqu'au lendemain, ajoutez la crème de cassis, puis servez-les à température ambiante ou réservez-les au frais pendant quelques heures.

Mon conseil

Vous pouvez utiliser pour cette recette des petites poires de curé, qui sont délicieuses cuites, et les servir avec de la glace.

Gâteau caramélisé à l'ananas

Pour 6 à 8 personnes

Préparation 20 min **Cuisson** 40 min

1 ananas de Côte-d'Ivoire
Pour la pâte : 3 œufs + 2 jaunes ▪ 180 g de sucre en poudre ▪ 150 g de farine ▪ 1 cuil. à soupe de vanille liquide ▪ 200 g de beurre fondu
Pour le caramel : 180 g de sucre ▪ 5 cuil. à soupe d'eau

*P*réchauffez le four à 180 °C (th. 6). Préparez le caramel : faites cuire le sucre et l'eau dans une casserole sur feu vif jusqu'à ce qu'il prenne une couleur ambrée, et versez-le aussitôt dans un moule à manqué, que vous inclinerez dans tous les sens pour bien répartir le caramel.

Pelez l'ananas, coupez-le en tranches et retirez le cœur ligneux, puis recoupez les tranches en triangles. Disposez une partie de ceux-ci dans le fond du moule de façon harmonieuse, et entourez le bord du reste des triangles, placés tête-bêche.

Mélangez vivement les œufs entiers, les jaunes et le sucre au fouet électrique ou au robot, puis ajoutez la farine, la vanille et le beurre. Versez la pâte sur les ananas, enfournez et laissez cuire pendant 35 à 40 minutes. Laissez reposer pendant 30 minutes avant de démouler, sur le plat de service.

Mon conseil Vous pouvez remplacer l'ananas par 5 pommes ou par 5 poires, coupées en quartiers.

Tarte aux pommes à la crème

Pour 6 à 8 personnes

Préparation 20 min **Cuisson** 1 h **Repos** 3 h

Pour la pâte : 220 g de farine ■ 140 g de beurre ■ 60 g de sucre ■ 1 pincée de sel ■ 2 jaunes d'œuf ■ 5 cuil. à soupe d'eau ■ beurre pour le moule

Pour la tarte : 3 ou 4 pommes ■ 1 œuf ■ 100 g de crème fraîche épaisse ■ 80 g de sucre en poudre ■ 4 cuil. à soupe de sucre cristallisé

*P*réparez la pâte : mettez la farine, le beurre coupé en morceaux, le sucre et le sel dans le bol d'un robot, puis mixez par à-coups jusqu'à ce que vous obteniez un mélange sableux ; ajoutez alors les jaunes d'œuf ainsi que l'eau par la cheminée du couvercle, et mixez de nouveau jusqu'à ce que la pâte forme une boule ; placez-la au frais dans du film alimentaire pendant 3 heures, ou bien pendant 30 minutes dans le congélateur.

Allumez le four à 200 °C (th. 6-7) et beurrez un moule à tarte. Coupez les pommes en quatre, pelez-les, retirez-leur le cœur et les pépins, puis détaillez les quartiers en lamelles. Étalez la pâte sur le plan de travail fariné, piquez-la de plusieurs coups de fourchette et placez-la dans le moule, côté piqué vers le fond.

Disposez les lamelles de pomme sur la pâte. Battez l'œuf entier, la crème et le sucre à la fourchette. Versez la préparation sur les pommes, enfournez et laissez cuire pendant 10 minutes, puis baissez la température du four à 180° (th. 6) et poursuivez la cuisson pendant 45 à 50 minutes. Servez tiède ou froid, saupoudré de sucre cristallisé.

Mon conseil

Vous pouvez remplacer les pommes par des poires. Choisissez-les mûres mais fermes. Saupoudrez-les de 4 cuillerées à soupe de pistaches mondées (sans coquille ni peau) grossièrement concassées, avant de verser la crème.

Pommes au four

Pour 6 personnes

Préparation 20 min   **Cuisson** 45 min

6 pommes (reine des reinettes ou clochard) ■ 6 cuil. à café de cassonade ■ 6 noisettes de beurre ■ jus de pomme ou eau

*P*réchauffez le four à 180 °C (th. 6). Lavez les pommes, découpez un chapeau dans la partie supérieure et évidez-les avec un vide-pomme ou en glissant un économe le long du trognon et en tournant, mais sans aller jusqu'au fond.

Disposez les pommes dans un plat allant au four, puis mettez dans chacune d'elles 1 cuillerée à soupe de cassonade et 1 noisette de beurre. Versez un ou deux verres de jus de pomme ou d'eau dans le fond du plat, enfournez et laissez cuire pendant 45 minutes, en arrosant de temps en temps avec le jus de cuisson et en ajoutant du jus de pomme ou de l'eau si besoin est.

Mon conseil

Vous pouvez remplacer le sucre par la même quantité de confiture de groseilles, de framboises, ou d'oranges au whisky. Dans ce dernier cas, les pommes à la confiture accompagnent parfaitement une oie de Noël.

Vinaigrette aux herbes

Préparation 2 min

$\mathcal{M}$élangez 2 cuillerées à café de moutarde dans un bol avec du sel, du poivre, 3 cuillerées à soupe de vinaigre de vin, 1 cuillerée à soupe de vinaigre balsamique et 1 cuillerée à soupe d'eau ou de jus de viande. Ajoutez 2 cuillerées à soupe d'herbes fines de votre choix finement ciselées, remuez et réservez.

Mon conseil

Doublez les quantités, mettez tous les ingrédients dans un bocal (type pot de confiture), fermez le couvercle et secouez : vous obtenez une vinaigrette très émulsionnée, que vous pouvez utiliser dès que vous en avez besoin.

Mayonnaise

Préparation 5 min

ettez 2 jaunes d'œuf, 1 grosse cuillerée à soupe de moutarde, du sel et du poivre dans un bol. Fouettez doucement en ajoutant assez d'huile de pépins de raisin ou de tournesol pour obtenir la quantité désirée. Ajoutez quelques gouttes de jus de citron ou de pamplemousse à la fin pour allonger la mayonnaise, et réservez au frais jusqu'à utilisation.

Mon conseil Veillez à ce que tous les ingrédients soient à température ambiante avant de commencer la mayonnaise. Pour changer de parfum, vous pouvez ajouter du ketchup, des herbes hachées, des olives concassées, du safran ou de l'ail.

Coulis de tomates

Préparation 15 min **Cuisson** 50 min

*P*longez 600 g de tomates dans de l'eau bouillante pendant quelques secondes, puis rafraîchissez-les sous l'eau froide, égouttez-les, pelez-les et coupez-les en quatre. Enlevez les graines et recoupez chaque quartier en deux. Faites chauffer 20 g de beurre dans une casserole, saupoudrez avec 1 cuillerée à soupe de farine et versez 20 cl de bouillon, petit à petit et en remuant au fouet à main. Ajoutez les tomates, du sel, du poivre, 1 cuillerée à soupe de sucre et 1 bouquet garni fort en thym et en queues de persil. Remuez bien et faites cuire pendant 45 minutes à feu doux. À la fin de la cuisson, retirez le bouquet garni, mixez le coulis et ajoutez 20 g de beurre.

Mon conseil

Pour obtenir une délicieuse sauce bolognaise, hachez 3 oignons que vous ferez fondre dans de l'huile d'olive ; ajoutez 500 g de chair à saucisse (ou de bifteck haché) et faites-la dorer avec les oignons, puis ajoutez le coulis de tomates, 2 cuillerées à soupe de concentré de tomates, 25 cl de vin rouge, du sel, du poivre, du thym, 3 pincées de quatre-épices et 1 cuillerée à soupe de sucre ; laissez mijoter à découvert pendant environ 45 minutes, puis servez avec des pâtes.

Concassée de tomates au basilic

Préparation 10 min **Cuisson** 5 min

*F*aites chauffer de l'eau dans une casserole. Retirez le pédoncule des tomates, faites une croix avec un petit couteau-scie du côté opposé et plongez-les pendant 2 minutes dans l'eau bouillante, puis transférez-les dans un bain d'eau froide et égouttez-les. Pelez les tomates, coupez-les en quatre, retirez les graines et coupez la chair en tout petits dés, soit avec un couteau fin, soit avec des ciseaux. Mettez les dés de tomate dans un bol avec de l'huile d'olive, du sel, du poivre et 10 feuilles de basilic ciselées, et laissez macérer au frais avant de servir.

Mon conseil

Cette concassée accompagne tous les poissons pochés ou cuits à la vapeur.

Pour ciseler les feuilles de basilic, lavez-les, essuyez-les, superposez-les les unes sur les autres et roulez-les comme pour faire un cigare ; il ne vous reste plus qu'à les couper avec des ciseaux.

Sauce Béchamel

Préparation et cuisson 15 min

*F*aites fondre 50 g de beurre dans une grande casserole à fond épais. Dès qu'il mousse, saupoudrez de 50 g de farine et versez, en mince filet et sans cesser de remuer au fouet à main, 40 cl de lait et 20 cl de bouillon ou d'eau. Faites cuire sur feu doux en remuant sans cesse jusqu'à ce que la sauce nappe la cuillère, salez, poivrez et ajoutez un peu de noix de muscade râpée.

Mon conseil Si vous ajoutez environ 70 g de fromage râpé, vous obtenez une sauce Mornay.

Sauce béarnaise

Préparation et cuisson 15 min

*M*ettez 2 échalotes hachées dans une casserole à fond épais avec 4 cuillerées à soupe de vinaigre à l'estragon, 4 cuillerées à soupe de vin blanc sec, 1 branche d'estragon, 2 brins de cerfeuil et 2 pincées de poivre blanc concassé. Portez sur feu moyen et laissez réduire de moitié, puis filtrez à l'aide d'une passoire et laissez refroidir. Mélangez l'infusion obtenue dans la casserole avec 4 jaunes d'œuf, 2 pincées de sel et 15 g de beurre. Mettez la casserole dans une autre plus grande contenant de l'eau chaude (bain-marie), portez sur feu doux et commencez à remuer la sauce à l'aide d'un fouet en ajoutant petit à petit de 220 à 250 g de beurre mou. Réservez ensuite au chaud, en veillant à ce que l'eau du bain-marie ne bouille pas.

Mon conseil Si les jaunes coagulent ou si la sauce tourne, ajoutez un peu d'eau froide en fouettant ; si la texture finale ne vous paraît pas idéale, versez la béarnaise dans le bol d'un mixeur et faites tourner pendant quelques secondes.

Sauce moutarde

Préparation et cuisson 5 min

*M*ettez 2 ou 3 cuillerées à soupe de moutarde à l'ancienne dans un bol allant au four à micro-ondes. Ajoutez 100 g de beurre détaillé en morceaux, 3 cuillerées à soupe de crème fraîche épaisse, du sel et du poivre. Faites chauffer pendant 2 à 3 minutes dans le four à micro-ondes, et remuez avant de servir.

Mon conseil

Vous pouvez aussi chauffer la sauce au bain-marie. Utilisez la moutarde de votre choix : Violette de Brive, aux herbes, au poivre vert... Pour une infinité de variantes, ajoutez aussi quelques herbes hachées.

Sauce beurre-citron

Préparation et cuisson 5 min

*P*ressez 1 citron et mettez le jus dans un bol avec 100 g de beurre détaillé en morceaux, 3 cuillerées à soupe de crème fraîche épaisse, du sel et du poivre blanc. Faites chauffer au four à micro-ondes pendant 2 à 3 minutes. Cette sauce est idéale pour accompagner un poisson.

Mon conseil Ajoutez dans la sauce du safran en poudre, des câpres hachées ou encore des fines herbes ciselées.

Crème fouettée

Préparation 5 min

*F*ouettez 25 cl de crème fleurette très froide en chantilly avec un batteur électrique. Ajoutez à la fin du sel, du poivre et 4 cuillerées à soupe d'alcool (vodka ou whisky), ou 6 anchois hachés, ou 1 cuillerée à soupe de purée de piments, ou encore 4 cuillerées à soupe de fines herbes hachées, en soulevant la crème montée avec une spatule souple. Servez ces différentes chantilly avec des veloutés, sur des légumes ou sur des poissons.

Mon conseil

Pour ne pas avoir de projections de crème dans la cuisine, couvrez la jatte et votre avant-bras avec un torchon.
Si vous ajoutez 50 g de sucre glace en pluie lorsque la crème est montée, elle devient chantilly sucrée.

Coulis de fruits rouges

Préparation 3 min

ettez 500 g de fruits rouges (fraises, framboises, myrtilles, fraises des bois, groseilles) dans le bol d'un robot avec le jus de 1 citron et 100 g de sucre glace, et mixez à grande vitesse jusqu'à ce que vous obteniez un coulis lisse. Filtrez ce dernier à l'aide d'une passoire ou d'un chinois pour retirer les petites graines contenues dans certains fruits, couvrez de film étirable et réservez au frais jusqu'au moment de servir.

Mon conseil

Vous pouvez aussi utiliser des baies de cassis, mais il faut, avant de les mixer, les faire cuire pendant 5 à 10 minutes avec 10 cl d'eau et 50 g de sucre en poudre.

Caramel

Préparation et cuisson 5 min

*F*aites chauffer 200 g de sucre et 6 cuillerées à soupe d'eau dans une casserole à fond épais. Surveillez bien la cuisson dès que le caramel bout, l'idéal étant qu'il soit ambré : trop clair, il sera liquide et fade ; trop foncé, il sera dur et amer (versez quelques gouttes de caramel sur une assiette blanche pour contrôler la couleur). Lorsque le caramel est cuit, retirez la casserole du feu, ajoutez 1 cuillerée à soupe de vinaigre de vin blanc ou de jus de citron et laissez reposer pendant quelques instants si vous voulez, par exemple, faire des fils en caramel pour décorer un dessert.

Mon conseil

Vous pouvez faire du caramel au four à micro-ondes : mettez des morceaux de sucre (environ 20) dans un bol, humectez-les avec un peu d'eau et faites cuire à pleine puissance pendant 3 minutes environ. Pour napper le fond d'un moule de caramel, mettez le moule dans le four pendant le préchauffage, puis versez le caramel dans le moule chaud (utilisez des gants isolants) et inclinez ce dernier dans tous les sens pour qu'il soit bien recouvert.

Sauce caramel au beurre salé

Préparation et cuisson 5 min

*F*aites un caramel en chauffant 200 g de sucre et 6 cuillerées à soupe d'eau sur feu vif. Dès que le caramel a une belle couleur ambrée, mettez hors du feu et ajoutez 15 cl de crème fleurette, en faisant attention aux projections. Remettez sur feu doux et remuez jusqu'à ce que la sauce soit lisse, puis ajoutez 100 g de beurre au sel de Noirmoutier détaillé en morceaux.

Mon conseil

Servez cette sauce caramel sur une glace ou avec une tarte, ou encore avec des pommes-fruits sautées.

Sauce au chocolat

Préparation et cuisson 5 min

*F*aites chauffer 20 cl de crème fleurette. Coupez 200 g de chocolat en morceaux ou, mieux, hachez-le avec un grand couteau, et mettez-le dans une jatte résistant à la chaleur. Versez la crème bouillante sur le chocolat en remuant avec un fouet à main jusqu'à ce que la sauce soit lisse, puis ajoutez 40 g de beurre et éventuellement 2 cuillerées à soupe de sucre glace. Réservez au chaud, au bain-marie, jusqu'au moment de servir.

Mon conseil

Cette sauce vous servira à napper des glaces ou des choux à la crème. Vous pouvez aussi la verser dans un fond de pâte sablée cuite, la laisser refroidir et ainsi obtenir une tarte au chocolat ; dans ce cas, mélangez quelques noix ou des noisettes, grillées et concassées, au chocolat avant de le verser sur la pâte.

Sauce à l'orange

Préparation 5 min **Cuisson** 12 min

*L*avez 2 oranges en les brossant sous l'eau chaude, essuyez-les, prélevez leur zeste avec un économe et détaillez-le en fins bâtonnets, que vous ferez blanchir dans de l'eau bouillante pendant 5 minutes. Pressez les oranges et mettez le jus obtenu dans une casserole avec les zestes, 100 g de beurre, 60 g de sucre glace et 15 cl de crème fleurette. Portez à ébullition et laissez frémir pendant 5 minutes, puis filtrez et servez chaud ou tiède.

 Mon conseil Cette sauce acidulée est parfaite pour accompagner un gâteau, une tarte ou une mousse…

Crème anglaise

Préparation et cuisson 20 min **Repos** 30 min

*F*aites chauffer 40 cl de lait et 10 cl de crème fleurette avec 1 gousse de vanille, préalablement fendue en deux dans le sens de la longueur et grattée. Mettez hors du feu, couvrez et laissez infuser pendant 30 minutes. Fouettez 6 jaunes d'œuf et 120 g de sucre jusqu'à ce que le mélange blanchisse, puis incorporez le lait, en le versant en mince filet et en remuant doucement sans faire mousser. Reversez l'ensemble dans la casserole rincée et faites cuire sur feu doux en remuant sans cesse pendant environ 10 minutes ; la crème doit napper la cuillère. Filtrez-la à l'aide d'une passoire, laissez-la refroidir au moins 30 minutes et réservez-la au frais jusqu'au moment de servir.

Pour faire de la glace à la vanille, ajoutez 100 g de crème fraîche épaisse et faites prendre la crème dans une sorbetière ou dans une turbine à glace.

Mon conseil

Rincez la gousse de vanille, faites-la sécher et enfouissez-la dans votre sucre en poudre pour le parfumer. Cette crème peut être aromatisée avec 1 cuillerée d'extrait de café, 1 bâton de réglisse, 2 bâtons de cannelle, 1 étoile de badiane ou bien 4 tiges de menthe ou de verveine.

Index alphabétique

Table des matières

Entrées & soupes

Poissons & coquillages

Viandes & volailles

Légumes

Fromages

Desserts

Sauces

Température du four

th. 1 = 30° C	th. 6 = 180° C
th. 2 = 60° C	th. 7 = 210° C
th. 3 = 90° C	th. 8 = 240° C
th. 4 = 120° C	th. 9 = 270° C
th. 5 = 150° C	th. 10 = 300° C

Poids et mesures (équivalences indicatives)

5 g =   0,5 cl = 1 cuil. à café
10 g =   1 cl = 1 cuil. à dessert
15 g =   1,5 cl = 1 cuil. à soupe
100 g =   10 cl = 1 verre à moutarde

Marie Leteuré remercie chaleureusement
celles qui lui ont donné le goût de bien faire :
Aty, Mamyole, Mamie Janette, Frances, Ponette, Jackie et Paule,
et tous les gentils gourmands qui ont goûté les recettes.

Merci aussi aux boutiques qui ont mis les accessoires à sa disposition
pour la réalisation des photographies de cet ouvrage :
Alessi ;
Alexandre Turpault ;
Au petit bonheur la chance ;
Blanc d'ivoire ;
By Terry ;
Dans de beaux draps, pour Jeanine Cros ;
Designer's Guild ;
Elitis ;
Forever ;
Home Trotteur ;
La paresse en douce ;
Le Creuset ;
Résonances ;
Sous les toits de Paris ;
Staub ;
The Conran Shop.

Encore un grand merci à Suyapa Granda Bonilla pour sa confiance,
à Aurélie Baudrier pour sa patience,
à Chloé Chauveau pour sa vigilance,
et à Véronique Bressy pour sa clairvoyance.

Adaptation graphique : Anne-Danielle Naname

© Éditions Solar, Paris, 2004.
ISBN : 2-253-01637-3 - 1re publication - LGF
ISBN : 978-2-253-01637-3 - 1re publication - LGF

Achevé d'imprimer, en août 2006 sur les presses de l'Imprimerie Moderne
de l'Est à Baume-les-Dames (Doubs)
N° d'éditeur : 75334
Dépôt légal - 1re publication septembre 2006
Librairie Générale Française - 31, rue de Fleurus - 75278 Paris Cedex 06